für Mareike

Zu diesem Buch

Wenn Marvin und ich uns ein eigenes Segelflugzeug gebaut hätten, wäre Marvin derjenige gewesen, der sagen würde: „Los, steig ein, wir fliegen hier den Berg runter."
Ich hätte geantwortet: „Nein, lass mal lieber, wer weiß, ob wir damit nicht abstürzen."
Marvin würde daraufhin allein losfliegen und hätte damit für sich einen der ältesten Menschheitsträume erfüllt. Mir bliebe dann nichts anderes, als mir Marvins Erlebnis weiterhin und ausschließlich in der Fantasie auszumalen...

Marvin bringt schon als Baby in der Wiege alle zum Lachen. Im Kindergarten ist er der spaßige Faxenmacher, in der Schule der Klassenclown. Später verdient er sein erstes Geld mit Stand-Up-Comedy, dreht witzige Werbespots und beginnt eine Comedy-Karriere im Fernsehen.
Marvin nimmt sich und sein Leben mit Humor: „Das muss man alles nicht so ernst nehmen!" ...ist sein Motto für alle Höhen und Tiefen...
Florian findet diese Haltung in manchen Situationen leichtfertig. Aber er bewundert Marvin auch dafür. Etwas leicht zu nehmen, ist manchmal gar nicht so einfach...
Lebenslustig ist die Geschichte einer besonderen Freundschaft zwischen zwei Brüdern und darüber hinaus ein Beispiel, wie man sein Leben in einer humorvollen und lebenslustigen Weise, bunt und glücklich gestaltet; in einer Art, die einfach anstecken muss.

Boris Akkermann, geboren am 13. Januar 1966 in Bremen, verheiratet und hauptberuflich als Sozialpädagoge in der Jugendarbeit tätig, war schon immer schriftstellerisch aktiv. Schon mit fünfeinhalb Jahren, als er noch gar nicht schreiben konnte, wurden die Geschichten in kleinen Bildern „gemacht" und zu dünnen Büchern geheftet.
Kurz nach der Einschulung bekamen die Bildergeschichten kleine Untertexte.
Wenig später wurden die Texte umfangreicher und die Bilder so unwesentlich, dass sie bald wegfallen durften...
Lebenslustig ist Boris Akkermanns erster veröffentlichter Roman; weitere schon abgeschlossene Romane, Erzählungen und eine Kindergeschichte sind zur Veröffentlichung in Vorbereitung...

BORIS AKKERMANN

LEBENS LUSTIG

Roman

Originalausgabe 2000
Veröffentlicht von Boris Akkermann über bod Libri Books on Demand
Bremen, 2000
Copyright © 2000, Boris Akkermann
Umschlaggestaltung Jörg Steffens, B. Akkermann
Fotos: B. Akkermann
Alle Rechte vorbehalten
Druck und Bindung: bod Libri Books on Demand
Printed in Germany
ISBN: 3-8311-0387-9

Ich war Marvin! Zwar nicht wirklich, nicht leibhaftig, und auch nur für einen kurzen Moment, aber trotzdem war dieser Moment so klar, konzentriert und wahrhaftig, dass es mir vorkam, als sei ich plötzlich in eine andere Haut geschlüpft, als hätte ich mich selbst aufgegeben. Marvin, der Mensch, der mir am nächsten stand, mein bester Freund seit frühesten Kindertagen, mein Bruder, mein engster Lebensbegleiter!

Vielleicht fühlte ich mich ihm gerade in dieser besonderen Stunde so nahe, dass diese Nähe schließlich zum völligen Einswerden unser beider Persönlichkeiten führen musste, ein Hinübergleiten in ein fremdes Leben, in eine andere Person, was mir plötzlich etwas ermöglichte, von dem wohl schon jeder einmal geträumt hat: auf seiner eigenen Beerdigung dabei zu sein, zu erleben, wie um einen getrauert, einem die „letzte Ehre" erwiesen wird.

Meine Trauer um Marvin war verschwunden, war diesem intensiven Gefühl von Stolz und Geehrtsein gewichen.

Stellvertretend für ihn erlebte ich also seine Beerdigung und wurde von einer eigenartigen Berührtheit erfüllt. All die Verwandten und Freunde um mich herum... die Blumen, die Kränze, die Worte des Pastors - all das sog ich mit einer Lebensgier in mich auf... und plötzlich fühlte ich mich in hohem Grade lebendig, befreit, erhoben. Ich lehnte mich entspannt zurück und lächelte unsichtbar...

An meinen Tränen merkte ich, dass der eigentümliche Moment vorüber, und ich nur wieder ich selbst war. Der Pastor hatte seine Predigt noch nicht beendet. Ich nahm nur Wortfetzen wahr, die für mich keinen verständlichen Sinn mehr ergaben.

Gerade als ich mich vorbeugen wollte, meinen Kopf aufstützen - oder besser gesagt: mit den Handballen den Tränenstrom aufhalten, drängelte sich jemand neben mich, ein Zuspätkommer, ein sich lebhaft bewegender, Unruhe verbreitender Mensch, der mehrmals ein Entschuldigung murmelte und dabei nicht einmal darauf bedacht war, seine Stimme im Flüsterton zu halten, die zu allem vor Fröhlichkeit geradezu sprudelte.

Ich vergrub mein Gesicht in den Händen und rückte ein wenig ab, denn mein Nachbar hatte sich mit solcher Selbstverständlichkeit neben mir ausgebreitet, dass er sich förmlich an mich drückte. Ich versuchte ihn zu ignorieren...

Gerade keimte in mir das Zwitterwesen aus Gefühl und Gedanke, das mir sagte, wie sehr meine Trauer zugleich auch durch Rührung bedingt sei, da bohrte mir mein Nachbar den Zeigefinger so vehement in die Schulter, dass ich am liebsten laut aufgeschrien hätte. Voller Empörung fuhr ich herum, um mir diesen Störenfried einmal anzusehen...

Ich blieb überraschend gefasst, ich ängstigte mich in keiner Weise, ja, ich wunderte mich nicht einmal sonderlich; das Einzige, was ich dachte, war: Wohin jetzt mit all meinen Gefühlen, die ich noch lebhaft in mir spürte, und die nun unnütz, nicht mehr entsprechend, ja geradezu irrtümlich waren...

„Hallo Florian, da komm' ich doch fast zu meiner eigenen Beerdigung zu spät. Hab ich viel verpasst? Ist ja alles ansprechend hier gemacht, kann man nichts sagen, das Kerzenlicht und die vielen bunten Blumen... der Sarg, sicherlich das Edelste, was auf Beerdigungen so geboten wird. Sag mal, pass ich da eigentlich rein... muss ja, sonst wär' der größer, hehe, und wer nicht alles gekommen ist, was 'ne Ehre... Wenigstens du machst nicht so 'n miesepeteriges Gesicht, Mensch, bei so viel trüben Gesichtern hier kann einem ja 'n Schatten auf die Stimmung fallen. Nein, sag jetzt nichts, ich weiß, dass du denkst, ich sollte Pietät walten lassen und mal wieder die Klappe halten. Ich gönne jedem sein Tränchen, ich mein', es ehrt mich ja... Findest du eigentlich, dass der Pastor übertreibt? War ich wirklich so? Hey, du als mein Bruder musst mir die Wahrheit ins Gesicht sagen, stimmt es, war ich wirklich so nett? Das sind ja schmeichelhafte Anekdötchen. Sag mal, ich lull dir hier die Ohren voll, vielleicht wollt'ste lieber zuhören, was der Geistliche da über mich loslässt, ist intelligent, was ich da so raushöre, gut beobachtet und mit Witz, Verve und Geist vorgetragen, der Mann ist sein Geld wert, sag ich mal..."

Ich will nicht falsch verstanden werden, natürlich hatte ich keine

Halluzinationen, mir war auch kein Geist begegnet. Angeregt durch mein kleines Erlebnis während der Predigt hatte ich mich schlichtweg in die Vorstellung hineingesteigert, wie es sein würde, wenn Marvin seiner eigenen Beerdigung beiwohnen würde.

„Was heißt denn das, sitze ich etwa nicht leibhaftig vor dir? Fass mich mal richtig an, Brüderchen, fühlt sich so 'ne Vorstellung an. Nein, ich bin's in voller Größe und mit dem ganzen Gewicht meiner Persönlichkeit. Ich lass mich doch nicht auf ein bloßes Fantasiegebilde reduzieren..."

Als der Pastor sich anschickte, zum Ende seiner langen Predigt zu kommen, nahm ich all meine Aufmerksamkeit zusammen, um wenigstens noch die letzten Worte mitzubekommen. In etwa sagte er:

„Wir nehmen heute Abschied von einem Menschen, der es sein kurzes Leben lang immer wieder verstanden hat, seinen Freunden, seinen Angehörigen, ja selbst ganz fremden Menschen eines der wertvollsten Geschenke Gottes zu machen, die es in unserem Leben noch gibt: Den Frohsinn, das freie und befreite Lachen.

Er verstand es wie nur wenige, sein Leben und auch seine kurze schwere Krankheit mit Humor zu meistern. Nicht wir waren es, die ihn trösteten... nein, er schenkte uns mit seinem Frohsinn gerade in den schweren Stunden vor seinem Ableben Trost und auch so etwas wie Zuversicht. Marvin Frayer wusste in seiner -ich will es fast kindlich nennen- in seiner kindlichen Zuversicht, dass sein Dasein auch nach dem irdischen Tod ewig sei... wie würde er gesagt haben: dass er nun aufgestiegen sei im Karrieresinne, mal wieder was Richtiges aus sich gemacht habe, um endlich mal wieder etwas Neues auszuprobieren.

Aus diesen Formulierungen spricht einer, der sich mit der Endlichkeit eines irdischen Lebens ebenso arrangiert hat wie mit dem Allmächtigen, dem er seine unsterbliche Seele blind anzuvertrauen schon immer bereit war.

Ich bin sicher, liebe Trauergemeinde, wenn er es könnte, er würde von oben auf uns herabblicken, würde uns unbedeutende und doch so schrecklich bedeutungsvoll durchs Leben hetzende Freunde und Mitmenschen milde belächeln und seine Witze über uns machen. Und dann würde er einen Satz sagen, der so etwas wie der Leitsatz seines Lebens war: 'Ach, das muss man alles nicht ganz so ernst nehmen.'

Wir behalten unseren lieben, heiteren, aufrichtigen und sehr menschlichen Freund Marvin Frayer in allerbester Erinnerung und bewahren ihm einen Platz in unserem Herzen, an dem er mit uns weiterleben kann..."

Nach dem Gebet und dem Segen erhob sich die Trauergemeinde zur düster-schwellenden Orgelmusik; die Sargträger kamen heran; das große Portal der Kapelle wurde aufgesperrt... Unsere Eltern und Hilke, seine Ehefrau, warteten auf mich.

Als ich vorhin die Kapelle betreten hatte und den blumen- und kranzgeschmückten Sarg sah, erst da stürzte auf mich die Gewissheit ein, dass mein bester Freund, mein Bruder wirklich tot sei. Von diesem ersten Blick an war der schmerzliche Verlust konkret und unausweichlich, und ich musste ihn akzeptieren.

Doch als ich langsam den Sargträgern folgte, verlor der Sarg diese Bedeutung. Er hatte für mich nichts mehr mit Marvin zu tun, war totes Holz, war mir weit entfernt und fremd. Auch wenn ich seinen Tod nun tausend Mal akzeptiert hatte, in der verzierten Holzkiste vor mir lag niemals mein Bruder und bester Freund.

Ich nahm mich nur noch wie in einem Traum wahr, die Welt schien unwirklich, entrückt, jedenfalls nicht wie meine Welt. Ich sah, wie der Pastor den inzwischen niedergesenkten Sarg segnete, wie er zur Schaufel griff; ich blickte mich um und sah viele Menschen, fast alle in Schwarz... wenigstens regnete es nicht.

Der Pastor bedeutete mir ans Grab heranzukommen. Ich griff zur Schaufel, warf etwas Sand und mit tränenerstickter Stimme murmelte ich plötzlich:

„Tschüss Marvin!"

Die Worte stolperten aus mir heraus, ich wollte so etwas nicht sagen, wollte nichts an diese Holzkiste richten, keinen Blick und kein Wort. In mir erhob sich wieder Trauer, und ich musste plötzlich weinen. Sosehr ich mich auch verkrampfte und mich dagegen wehrte, ich konnte meine Tränen nicht aufhalten.

Unwirklich, wie im Traum, schoben sich jetzt auch andere an mir vorbei zum Grab, warfen Erde oder Blumen, manche von ihnen traten dann an mich heran, nahmen mich fest in den Arm oder gaben mir die Hand und bekundeten ihr Beileid. Ich kannte keinen oder wollte in diesem Moment keinen mehr kennen.

Wie angewurzelt stand ich da; ich beruhigte mich langsam und blickte auf das Gedränge, aus dem sich immer wieder jemand löste, zum Grab lief und ein wenig Erde warf.

Plötzlich trat eine Person hervor, die unangemessen gekleidet war und ebenso in ihren Bewegungen alles andere als Trauer ausstrahlte. Marvin tänzelte mehr, als dass er lief, auf sein eigenes Grab zu, blickte sich schelmisch grinsend zu mir um und nahm das Schäufelchen in die Hand. Stolz wie ein Kind gebärdete er sich nach vollbrachter Tat, er war ungehörig, pietätlos und überhaupt alle erdenklichen Rahmen sprengend, und seine ganze Haltung wollte sagen:

„Na, war das eben lustig?"

Dann verschwand er so schnell, wie er gekommen war, in der Menschenmenge, aber erst, nachdem er zum Abschied einen unsichtbaren Hut in meine Richtung gelüftet hatte.

Marvins Mutter lud noch in ein Restaurant ein, nur im engsten Familienkreis... doch ich wollte lieber schnell nach Hause.

„Das ist gar nicht so gut, denk ich, jetzt allein zu sein. Komm doch mit." versuchte sie mich zu überreden.

„Danke, Anna, mir geht es gar nicht mehr so schlecht. Jetzt, wo die Beerdigung vorbei ist, fühle ich mich plötzlich ganz gut, einigermaßen zumindest... irgendwie befreit. Ich versumpf schon nicht bei mir zu Haus, mach dir keine Gedanken. Trotzdem vielen Dank und sei nicht enttäuscht." -

„Bin ich nicht, Florian. Rufst du morgen an?" -

„Ja klar."

Wir nahmen uns zum Abschied in die Arme.

Viele Gedanken schossen mir plötzlich durch den Kopf. Mein gesamtes Leben, das zugleich auch ein gemeinsames Leben mit

Marvin war, verdichtete sich zu einem großen, geballten Gefühl, all die vielen Erlebnisse, unsere Verbundenheit, die Kindheit und Jugend, wie wir uns dann weiterentwickelten, immer gegensätzlicher wurden und trotzdem unsere innerste Vertrautheit nicht verloren... all das stand nun in diesem einen Gefühl vor mir, und ich hatte plötzlich eine Idee. Ich beschloss, zum ersten Mal in meinem Leben ein Buch zu schreiben, Marvins Leben zu porträtieren, das könnte ja vielleicht auch andere interessieren. Schließlich war er als Komiker und Humorist auch eine gewisse Berühmtheit.

Und so beeilte ich mich nach Hause zu kommen, den Computer einzuschalten und begann mit den ersten Absätzen...

Wir befinden uns Mitte der Sechziger Jahre in einem kleinen, ländlichen Örtchen, dessen Namen und genaue Lage ich aus einem gegebenem Anlass verschweigen muss; die Gründe klingen beim ersten Hören abwegig, werden aber im Verlauf dieser Biografie etwas verständlicher: Ich möchte all die noch lebenden Angehörigen unserer damaligen Dorfgemeinschaft vor unangenehmen Fragen schützen, schließlich haben sie in einem geradezu vorbildlichen Zusammenhalt Carl, Marvins Vater, in seiner Situation ausreichend den Rücken freigehalten. Keiner von ihnen hat ihn je bei der Polizei verraten. Ich komme gleich zu den Hintergründen...

Man stelle sich ein Hundert-Seelen-Dorf vor, das sich durch eine ausreichende Landwirtschaft und gegenseitige Dienstleistungen von der weiteren Umwelt nahezu abgenabelt hatte. Lediglich jede Woche fuhr ein großer Lastwagen in unser Dorf und belieferte den Gemischtwarenladen, in dem man alles nur Erdenkliche bekommen konnte.

Wir hatten einen Arzt, einen Pastor, einen Dorfpolizisten, einen Lehrer, der sechs Klassen in einem einzigen Raum zugleich unterrichtete und der zudem Vorsitzender unseres Dorfrates war.

Und dann ist noch Micha zu erwähnen, ein kräftiger Naturbursche, der nie eine Schule besucht und der demnach weder Schreiben, Lesen noch Rechnen gelernt hatte, der aber alles reparieren konnte, ob es nun Autos, Radios, Wasserleitungen, Dächer waren oder was auch immer. Micha war derart genügsam, dass man ihm nur das Material zum Reparieren zur Verfügung zu stellen brauchte und ihn dann nach getaner Arbeit mit einer Dose Kekse entlohnte.

Unsere Dorfbewohner bestanden aber nicht ausschließlich aus diesen Personen und aus Bauern im herkömmlichen Sinne. Drei junge Paare, die sich selbst als Aussteiger bezeichneten, waren aus der Stadt zugezogen, sahen in ihrem „Ausstieg" eine Initiative gegen die immer stärker werdende Landflucht und bezogen zwei große Höfe.

Das erste Paar, Rosi und Peter, beide etwa Mitte Zwanzig, lebte auf dem letzten Hof der Straße und damit auch des Dorfes; sie verfügten über einige Bündel Geldscheine und waren damit in der Lage, von einem Bauern, der es vorzog, in der Stadt, in einer Fabrik seinen Lebensunterhalt zu verdienen, seinen Hof abzukaufen.

Das zweite Paar, Inge und Hans, bezog den größten Hof des Dorfes, ein Landgut, auf dem vor hundert Jahren neben der Großfamilie auch zig Bedienstete ihr Dach über dem Kopf gefunden hatten.

Bei Inge und Hans handelte es sich nicht nur um die selbst ernannten ersten richtigen Hippies, die es in Deutschland gab, sondern auch um meine Eltern.

Inge war nach Großvaters Tod amtlich eingetragene alleinige Besitzerin dieses Hofes. Die Legende will es, dass vor fast sechzig Jahren mein damals blutjunger Großvater einem entfernten Onkel den gesamten Hof bei einem Kartenspiel abgerungen hatte.

Nach Großvaters Tod wurde der Hof verpachtet, und wie der Zufall manchmal so spielt, lief die Pachtdauer exakt in dem Monat aus, indem Inge und Hans beschlossen hatten, zu heiraten. So bezog das frisch vermählte Paar kurz nach dem 20. September 1964 den ererbten Hof; beide versuchten sich anfangs als Bauern, um dann nach etwa einem Jahr die Tierhaltung aufzugeben, die dem Hof zugehörigen Felder zu verpachten und im eigenen Garten nur noch Obst und Gemüse anzupflanzen.

Zu dieser Zeit ließen sich beide auch die Haare langwachsen, Inge übte sich in der Kunst des Wollspinnens, färbte das eigenhergestellte Garn in den buntesten Farben und strickte zusammen mit Hans Pullover, Überhänge, die an Ponchos der Mexikaner erinnerten und tausenderlei Dreieckstücher verschiedener Größen, in die man sich einhüllen konnte.

Fotos aus dieser Zeit zeigen meine Mutter mit vielen Bändern ins lange Haar geflochten, im Schneidersitz am Lagerfeuer sitzend, Zigarette oder Joint rauchend, mit einem Becher Wein oder mit Brotteig am Stock, den sie ins Feuer hält und ausgelassen in die Kamera lacht.

Hans Gesicht wurde fast verdeckt durch die wallend einfallenden langen Haare, nur ein kleines Drahtbrillchen hielt seinen Blick frei. Ich kenne kein Foto von ihm, wo er nicht mit selbst gedrehter Zigarette zu sehen ist und kaum ein Foto, wo er nicht in ein Buch vertieft zu sein scheint.

Das Landgut, das meine Eltern bewohnten, war durch zwei Haupthäuser, Ställe und eine hohe Mauer, in die das große Eingangstor gefasst war, zu einem geschlossenen Hof angeordnet. In der Mitte dieses Hofes hatte sich einmal vor vielen Jahren ein Brunnen befunden, den es leider nicht mehr gab. Dort war unsere Feuerstelle, wo nach meiner Erinnerung -zumindest in den Sommermonaten- jeden Abend ein ordentliches Lagerfeuer loderte.

Das dritte Paar gab es zu dieser Zeit in unserem Dorf noch gar nicht, wie es ebenso wenig mich bisher gab. Ich erblickte als Hausgeburt am 13. Januar 1966 das Licht unserer dörflichen Welt und war für diesen kalten Wintermonat die Attraktion. Viele Bewohner im Dorf trugen Babybekleidung und Spielzeug zusammen, um es als Geschenk zu dem freudigen Ereignis zu überreichen, und unser Dorflehrer fertigte eine Bleistiftzeichnung von mir mit meinen vier Tagen an, die immer noch gerahmt und hinter Glas in meinem Wohnzimmer hängt.

Ungefähr zu dieser Zeit fragte Anna, die beste Freundin von Inge, meine Eltern, ob sie und ihr Lebensgefährte Carl auf unserem Hof unterkommen könnten; Carl sei gewissermaßen auf der Flucht vor den Behörden. Er gelte als fahnenflüchtig, denn trotz seiner beantragten Verweigerung des Kriegsdienstes sei es auf Grund von Formfehlern oder wasweißich zur Einberufung gekommen; und der habe er sich widersetzt, indem er in der Stadt untergetaucht sei.

Glücklicherweise war die Bindung zu Anna noch sehr jung, sodass im Grunde keiner von dieser Beziehung wusste und Anna mit dem Fahnenflüchtigen in Verbindung bringen konnte.

Es war nahe liegend, einen Unterschlupf in unserem kleinen, abgelegenen Dorf zu suchen, da ihn die Feldjäger hier wohl am wenigsten vermuten würden.

Inge, Hans, Anna und Carl gründeten eine neue Form von Lebensgemeinschaft, eine Kommune, eine Ehe zu Viert, wie Mutter immer sagte, die erfreulicherweise von der Dorfgemeinschaft akzeptiert wurde; man mutmaßte jedenfalls keine unmoralischen Verbindungen, schließlich war der Hof groß genug für zwei Ehepaare, und dass Anna und Carl ohne Trauschein zusammenlebten, fand keinerlei Beachtung.

Rosi und Peter, vom Ende der Straße, freundeten sich ein wenig mit den Vieren an, klinkten sich jedoch nicht in die Kommune ein. Und da ein neuer freiheitlicher Geist in der Luft lag, da sich nach den muffigen Fünfziger Jahren Mitte der Sechziger der Drang nach Erneuerung, nach alternativem Leben im Zeitgeist abzuzeichnen begann, hatten Rosi und Peter ein ganz neues Verständnis für die Kommune auf dem größten Hof des Dorfes, und dieses Verständnis wurde durch sie Schritt für Schritt auch auf die übrige Dorfgemeinschaft übertragen.

Die alten Bauern und Bäuerinnen begannen meine Eltern, Anna und Carl zu mögen und sie schienen an Veränderung und Alternativleben zumindest aus der Distanz der Betrachtung Gefallen zu finden.

Am 14. Mai des folgenden Jahres, 1967, brachte Anna einen gesunden, kräftigen Jungen auf unserem Hof zur Welt, dem seine Eltern den Namen Marvin gaben. Somit hatte ich ein Brüderchen bekommen, auch wenn es gar nicht mein Bruder war.

An dieser Geburt nahm ebenfalls unser ganzes Dorf Anteil. Die Dörfler wollten so schnell wie möglich das Baby sehen, brachten Geschenke für den Kleinen und für die Eltern und waren in richtiger Feierstimmung. Irgendwie war es, als hätte nicht das junge Paar, sondern ein ganzes Dorf dieses Kind zur Welt gebracht.

Wir lebten so eng auf unserem Hof zusammen, dass nicht nur Inge, sondern auch Anna meine Mutter, dass nicht nur Hans, sondern ebenso Carl mein Vater war, und meine vier Eltern hatten sich wohl gedacht, sie müssten sich nun besonders um mich kümmern, gerade jetzt, wo das kleine Brüderchen da war, damit ich bloß nicht eifersüchtig auf ihn werde.

Vielleicht war diese Aufmerksamkeit ein wenig zu viel des Guten, denn Marvin schien sich plötzlich benachteiligt zu fühlen. Doch hier hatte er das Ruder bald wieder in der Hand, als er entdeckte, wie er alle Aufmerksamkeit unablässig auf sich ziehen konnte: Er lag in seiner Wiege, strahlte vergnügt die vier Eltern an und begann plötzlich sein Gesicht zu verziehen, komische Laute von sich zu geben, Faxen zu machen... und die Erwachsenen lachten, lachten wirklich und aus vollem Halse - und nicht, wie man sonst bei einem Baby Niedlichkeit belacht.

Die Vier amüsierten sich über den winzigen Witzbold und konnten ihre Aufmerksamkeit gar nicht mehr abwenden, zumindest solange nicht, wie Marvin mit seinen kleinen Vorstellungen Komik bot.

Es sei dahingestellt, ob ich auf diesen Umstand eifersüchtig reagierte, man bescheinigte mir lediglich, dass ich als Baby und Kleinkind unkompliziert und damit auch angenehm unauffällig war.

In Momenten, wo Marvin und ich zusammen durch die Weltgeschichte krabbelten oder wir unsere ersten Gehversuche unternahmen, prägte ein ausgelassenes, vor kindlicher Heiterkeit nur so übersprudelndes Lachen unser Zusammensein. Daraus schließe ich natürlich, dass auch ich schon die komische Ausstrahlung meines Bruders wahrnehmen konnte.

Während unserer Kindheit und beginnenden Jugend beschäftigte mich mein verwandtschaftliches Verhältnis zu Marvin. Auch wenn er gefühlsmäßig immer mein Bruder war, wollte ich, dass er richtig, echt, blutsverwandt mit mir war.

Mutter sagte einmal:

„Wenn du dich als Marvins Bruder fühlst, dann seid ihr auch Geschwister. Und wenn er nicht mit dir verwandt ist, dann hast du doch die Möglichkeit, ihn nicht deinen Bruder, sondern deinen besten Freund zu nennen."

Als Kind, als Jugendlicher, ja manchmal auch noch als Erwachsener glaubte ich, geschwisterliche Nähe, eben weil sie angeboren sei, gehe in ihrer Intensität immer noch ein wenig über die beste Freundschaft hinaus, und so wünschte ich ihn mir als leiblichen

Bruder.

„Wenn das für dich so wichtig ist," sagte Mutter einmal, als ich vielleicht fünfzehn Jahre alt war, „...dann glaub' einfach daran, dass es so ist, und du hast gute Chancen, denn es kann unter Umständen sehrwohl möglich sein, dass du mit ihm blutsverwandt bist. Du weißt ja, Inge, Hans, der Carl und ich, wir standen uns so nahe, dass es für uns damals schon selbstverständlich war, dass ich auch mal mit Carl, und Anna mit Hans geschlafen hat. Für uns gibt es da nicht diese blöden Normen, die die meisten anderen Menschen brauchen."

Als Mutter mir diese Möglichkeit einräumte, wurde mir plötzlich leichter, ich war mit der bloßen Vermutung glücklicher als vorher... aber ich muss zugeben, irgendwie war ich zugleich auch unangenehm berührt, dass unsere Eltern die Grenzen ihrer Sexualität so verschwimmen ließen.

Aber ich bin abgeschweift, wir befinden uns doch eigentlich in unserer frühesten Kindheit, also zurück zu dem Fünf- und dem Sechsjährigen!

Auch wenn das ein vages Unterfangen ist, aus der Perspektive eines Siebenundzwanzigjährigen seine Gefühle und Selbstwahrnehmungen von vor über zwanzig Jahren zu rekapitulieren, so neige ich eindeutig zu der Feststellung, dass der anderthalb Jahre jüngere Bruder schon damals immer derjenige war, der in Aktion trat, und ich sein Publikum, seine Gefolgschaft bildete.

Keine zehn Autominuten von unserem Dorf entfernt befand sich ein Kindergarten, und man sagte mir, ich sei nun alt genug, dort angemeldet zu werden. Ich protestierte, weil ich nur mit Marvin in den Kindergarten wollte, doch der war für die Anmeldung noch zu jung.

„Dann geh' ich eben auch nicht hin!" sagte ich trotzig, „...Entweder mit Marvin zusammen oder nie! - Kindergarten ist doch egal. Ich kann ja hier immer mit Marvin spielen." -

„Aber der Sinn von Kindergarten ist doch, dass du auch mal andere Kinder kennen lernst, mit denen du dich anfreunden kannst." hielt meine Mutter dem entgegen.

„Will ich aber nicht, ich will keine anderen Kinder kennen lernen!" -

„Sei doch nicht so starrköpfig, ihr beiden habt dann ja immer noch den Rest des Tages für euch." -

„Ist mir egal, ich will nich' in'n Kindergarten!"

Und so kam es, dass ich mit sechs Jahren, im Grunde schon im Einschulungsalter, mit Marvin zusammen im Kindergarten angemeldet wurde. Und gemeinsam freuten wir uns riesig auf die vielen anderen Kinder und all die Möglichkeiten dort zu spielen...

Unser erster Tag im Kindergarten! Inge hatte uns mit unserem bunt bemalten VW-Bus gebracht, das nötigste mit der Kindergärtnerin abgesprochen und jeden von uns mit einem satten Mutterkuss verabschiedet. Während ich ein wenig schüchtern an der Seite des Raumes stehen blieb, stiefelte Marvin so selbstverständlich in die Raummitte, als befände er sich auf seinem eigenen Kindergeburtstag. Sein Lächeln war befreit und strahlend, er konnte jedem ohne Probleme tief in die Augen sehen.

Das strahlte eine solche Souveränität aus, dass alle eben noch laut umhertollenden Kinder plötzlich innehielten und den sich so sicher bewegenden Neuen in Augenschein nahmen, weder ablehnend noch einladend...

Marvin pumpte sich Luft in die Lungen, lächelte schelmisch und auch ein wenig albern und ließ plötzlich die Luft laut schnaufend wieder heraus. Das war eine von allen Kindern sofort erkannte Parodie auf die Aufregung eines Neuen, die so treffend war, dass alle unvermittelt lachen mussten, alle - sogar die Kindergärtnerin.

Und Marvin hatte darüber hinaus stellvertretend für mich mit ausgeatmet. Endlich war mir leichter, auch ich musste lachen, und sofort hob wieder der allgemeine Tumult an.

Marvin war auf diese Weise gleich am ersten Tag in unserer Kindergartengruppe der Mittelpunkt geworden, die Kinder scharten sich fortan um ihn. Allein seine Ausstrahlung verriet: Hier ist die Quelle unbändiger Heiterkeit, hier in der Nähe zu bleiben, verspricht Lachen und Spaß.

Und das hatten die Kinder schnell erkannt. Marvin war ihr Held, und wenn er etwas sagte, dann verstummte jeder in seiner Nähe augenblicklich, um nichts Witziges zu verpassen.

Angespornt durch Marvins großen Erfolg versuchten sich nun auch andere Kinder auf dem weiten Feld der Komik, das aber nur mit sehr mäßigem Erfolg. Meist gerieten diese Versuche zu ziemlich platten Albernheiten. Manche Kinder griffen wortgetreu den gleichen Scherz auf, den Marvin vor Sekunden erst gebracht hatte und versuchten sich so mit fremden Federn zu schmücken. Doch auch hier zeigte sich, dass längst nicht der Witz als solcher seine vollendete Blüte besitzt, sondern erst dadurch bekommt, wer ihn wie erzählt. Und da war in unserer Gruppe Marvin zweifellos einmalig.

Ich will mich da nicht ausnehmen, auch ich versuchte um die Gunst der anderen Kinder zu witzeln, und erst als ich vor einigen durchblicken ließ, dass Marvin nicht mein bester Freund, sondern mein Bruder war, begann sich ein wenig Erfolg einzustellen. Die Kinder meinten wohl, Komiker sein hat man im Blut. So schwamm ich ein wenig in Marvins Kielwasser, obwohl mir bei jedem kleinen Witz, den ich versuchte, immer wieder aufs Neue klar wurde, dass ich bestensfalls albern, nicht aber komisch war...

Unser Kindergarten befand sich in einer schäbigen Baracke aus grünlackiertem Holz, zwei Räume mit einem winzigen Eingangs-flur, von dem auch die Toiletten abgingen. Alles wirkte alt, morsch und baufällig; wenn Sturm herrschte, dann befürchteten wir, dass entweder der ganze Kindergarten zusammenklappt wie ein Kartenhaus, oder dass das Dach in einem Stück abgetragen wird.

Unsere Kindergärtnerin war eine hoch gewachsene Frau mit der größten Brille, die ich je gesehen hatte. Auf ihrem langen Kopf thronte eine hoch gesteckte Lockenfrisur, die sie strenger wirken ließ als sie war. Sie hieß Frau Raschmeier oder Ruschmeier, ich weiß nicht mehr genau.

Zwei Mal in der Woche kam eine junge Frau als Verstärkung hinzu, die bei uns Kindergärtnerin wurde. An diesen Tagen fanden meist Spaziergänge oder Ausflüge statt. So konnte die eine En-tenmama vorangehen und die ausgeborgte Ente watschelte hinter dem langen Zug der Küken hinterher.

An einem solchen Tag gingen wir mit unserer Gruppe in die Vor-stellung eines Wanderzirkus, und als die Clowns auftraten, deren Hosen andauernd und unter schrecklich lautem Knall herabfielen, musste unsere Kindergärtnerin mit mir nach draußen gehen, weil ich mich bei dem vielen Geknalle so häufig erschreckt hatte, dass ich nun laut und bitterlich weinte.

Die anderen Kinder hingegen lachten ausgelassen... alle bis auf Marvin, zu dem ich noch kurz blickte, und der mit angespannter Konzentration und ohne eine Miene zu verziehen die Clowns beobachtete, als versuchte er, hinter das Geheimnis der Komik zu kommen. Marvin lachte einfach nicht, ganz egal wie komisch all die anderen Kinder die Clowns fanden.

Nach der Vorstellung, als wir in Zweierreihen zum Kindergarten zurückliefen, stupste mich Marvin an und sagte:

„Weißt du was, ich fand die Clowns gar nicht lustig. Trotzdem waren die aber lustig, weil doch die anderen alle gelacht haben."

Und somit erkannte ich, der kleine Kinderphilosoph, als Nächstes, dass Witzigsein nicht immer witzig sein muss, zumindest nicht für jeden Menschen gleich, manche finden etwas gar nicht lustig und andere wiederum lachen sich darüber scheckig.

Obwohl ich auch hier immer an Marvins Seite war, fühlte ich mich im Kindergarten nie so richtig wohl, hatte wenig Lust etwas zu basteln oder mit den anderen Kindern zu spielen, lediglich die Momente, wo Marvin uns Anlass zu ausgiebigem Lachen gab, waren für mich Inseln, wo ich mich wohl fühlen konnte.

Marvin war da anders, entweder wurde er für das eine oder andere Spiel so lange umworben, bis er sich dazugesellte, oder er inszenierte selbst eine Aktion und war jedes Mal freundschaftlich und brüderlich darum bemüht, mich mit einzubeziehen. Doch mein Standardsatz lautete jedes Mal:

„Ach, hab' keine Lust!"

oder:

„Nee... mach grad' was anderes."

Und das, obwohl ich bestenfalls Papier zerbröselte oder lieblos und gelangweilt mit einem Bleistift kritzelte.

Ich glaube, damals hatte ich in etwa das Gefühl: Entweder Marvin spielt mit mir allein oder ich hab zu nichts Lust!

Zum Glück nahm Marvin auf diese eingeschnappte Memme nicht sonderlich Rücksicht und spielte auch ohne mich. Und trotzdem versuchte er es immer wieder, forderte mich zum Mitspielen auf und riss mir manches Mal das vollgekritzelte Papier unter dem Stift weg.

Mittlerweile war ein halbes Jahr vergangen, und wie die Ironie meines Lebens so spielt: gerade begann ich etwas aufzutauen, mich in die Gemeinschaft ein wenig einzufügen, etwas lustvoller mitzuspielen, da stand plötzlich unser Kindergarten lichterloh in Flammen. Und dieses Flammenmeer brannte die „Grundmauern" herunter, bis wir vor einem Haufen Schutt und Asche standen, und das alles in rasend kurzer Zeit.

Wir hatten ein Lampionfest gefeiert, und während alles lustig Ringelreihen tanzte, saß ich abseits und ausgeschieden am Rand und stierte verträumt zur Decke, betrachtete die bunten Lampions... und plötzlich entflammte einer hell. Der Schreck lähmte mir zuerst die Kehle, dann zeigte ich mit ausgestrecktem Arm auf das Feuer, keuchte vor Aufregung und brachte schließlich laut und unter Angsttränen heraus:

„Es brennt, Hilfe, der Kindergarten brennt."

Sofort brach Panik aus, ein heilloses Durcheinandergeschreie, Kinder schubsten sich gegenseitig, drängten zur Tür, verstopften sofort den Ausgang... Frau Ruschmeier brüllte so laut wie nie zuvor, sprang zum Ausgang, verteilte einige kräftige Ohrfeigen und sorgte dann dafür, dass jeder Einzelne zwar schnell, aber auch nicht allzu hektisch ins Freie gelangen konnte.

In sicherem Abstand blieben wir vor der brennenden Baracke stehen, und ich glaube, jeder, einschließlich unserer Kindergärtnerin weinte, weinte vor Entsetzen, im Schock und vor Erleichterung, heil davongekommen zu sein.

In meiner Brust wühlte ein nicht zu beschreibendes Gefühl, das herausdrängte, und erst als Marvin neben mir -so laut, dass es alle verstehen konnten- sagte:

„Tja, das war aber ein tolles Fest."

...löste sich dieses unbestimmte Gefühl in einem Lachen, und mein Lachen wallte auch zu allen anderen Kindern, und obwohl jedem von uns nach wie vor die Katastrophe noch in den Knochen saß, obwohl uns nach allem anderen zu Mute war, als Scherze zu machen, lachten wir uns frei.

Das war verständlicherweise unser letzter Tag in diesem Kindergarten, unsere Eltern meldeten uns auch bei keinem anderen mehr an...

Jahre später, als wir längst schon zur Schule gingen und unser Lehrer für ein Schulfest Lampions im Klassenraum aufzuhängen begann, schrie und weinte ich so bitterlich, dass es zu diesem Fest eben keine Lampions gab.

Manchmal glaubte ich, ich sei es gewesen, der mit seinem Blick das Feuer hatte ausbrechen lassen... nur weil ich die Zeit im Kindergarten so wenig mochte, nur weil ich eifersüchtig war, dass es hier andere waren, die mit meinem Bruder Marvin spielten.

Mein Blick konnte also Feuer machen? Ich probierte es immer wieder aus, wenn unsere Eltern das allabendliche Lagerfeuer vorbereiteten. Doch ich brachte kein Fünkchen zuwege. Einmal erzählte ich Marvin meine Vermutung, der schmunzelte nur und sagte:

„Das is' prima. Dann hab' ich ja immer ein Feuerzeug dabei."

Bei allen Schuldgefühlen überwog aber schließlich die Freude und Zufriedenheit, dass wir wieder allein die Vormittage auf unserem Hof und in der Gegend verbringen durften, und so genoss ich den Spaß und die Witze, ich hatte selten vorher so befreit, glücklich und kugelrund herauslachen können.

Wir lebten damals auf einem sehr dünn besiedelten Fleckchen Erde; in unserem Klassenraum befanden sich nur zwei Erstklässler, und das waren Marvin und ich. Wir saßen klein und neu zwischen den Älteren, die von der zweiten bis hoch zur sechsten Klasse alle zugleich von nur einem Lehrer unterrichtet wurden.

Siebzehn Köpfe reckten sich unserem Lehrer entgegen; auf der Tafel malte er neben komplizierten Bruchrechnungen die ersten einfachen Buchstaben, dort schrieb er in anspruchsvolle geometrische Figuren erste Worte hinein und malte mit einigem Geschick jeweils ein Bildchen daneben, was dem Wort entsprach und somit eine willkommene Lesehilfe bot.

Wenn wir Fragen hatten, konnte er blitzschnell vom Geschichtsstoff der fünften Klasse zu uns beiden wechseln, die nicht, wie es die Aufgabe erfordert hatte, die Worte von der Tafel abgeschrieben, sondern die Bilder abgemalt hatten und nun wissen wollten, ob wir die Werke auch noch farblich gestalten durften.

Bei allem Durcheinander, das sich aus dieser Klassensituation naturgemäß ergab, war es bei uns überraschend ruhig und gesittet. Wir alle lernten schließlich auch das allgemein Erwartete und hatten später im Anschluss an die Mittelstufe keine nennenswerten Probleme im Vergleich zu den Schülern aus anderen, größeren Schulen mit getrennten Klassen.

Das war schon seit vielen Jahren so und hatte bisher immer zu zufrieden stellenden Ergebnissen geführt. Herr Schnellschnapp führte die sechs Klassenstufen mit der nötigen Autorität, Kompetenz und Herzlichkeit. Und dabei war er, wie sein Name vielleicht nahe legen könnte, nicht etwa schnell eingeschnappt, wenn es mal nicht so klappte, wie er es in seinem pädagogischen Konzept für den Tag geplant hatte, vielmehr schnappte er blitzschnell jegliche Schwierigkeit gleich beim Schopf oder schnappte manch lustig gemeinte Äußerung eines Schülers auf, um sie sofort umzubiegen in etwas Mitteilenswertes, das an alle Klassenstufen zugleich gerichtet war:

„Wo du gerade Himmelarschundwolkenbruch sagst, wisst ihr eigentlich, wie ein Gewitter entsteht? Also, ihr müsst euch verschieden kalte und warme Luftschichten vorstellen und dann..."
Herr Schnellschnapp hieß selbstverständlich nicht so, ich habe aus Gründen der Diskretion den Namen verändert; dieser etwas albern klingende Name ist schicht eine Reverenz an alle, die hinter den Namen einer Romanfigur tausenderlei Bedeutungen wittern möchten. Bitte sehr!
Unser Lehrer war von großer Statur, sein Haupt schmückte eine schwarz gelockte Haarpracht, die oben und an den Seiten als spitze Berge vom Kopf abstanden.. damit noch nicht genug, er hatte an den unmöglichsten Stellen Bartbüschel... asymmetrisch gewachsen auf den Wangen, unter der Nase und zwei kleinere am Hals. Das war es aber auch schon. Es sah wirklich kurios aus!
Den Rücken steif stelzte er durch den Klassenraum, immer den Rohrstock in der linken Hand, der selbstverständlich -Anfang der Siebziger Jahre- nicht mehr zur körperlichen Züchtigung, sondern nur zum Anzeigen auf großen Bildern am Kartenhalter oder an der Tafel seine Verwendung fand... na ja, vielleicht noch, wenn jemand trotz des packenden Unterrichts eingeschlummert war, dann nämlich sauste der Rohrstock mit ohrenbetäubendem Knall auf den Tisch vor dem Schlummernden, worauf der Betreffende wie eine Rakete hochschoss und vor unserem Lehrer stehen blieb.
Für mich grenzt es bis heute an ein Wunder, dass Herr Schnellschnapp bei sechs Klassen zugleich mit seinem Lehrplan durchkam, denn wenn er beispielsweise der fünften Klasse einen komplizierten Sachverhalt nahe zu bringen versuchte und ein Interessierter aus der zweiten Klasse das nicht verstanden hatte, dann nahm er sich alle Ruhe und Gelassenheit und erklärte es extra für den Siebenjährigen mit klaren Bildern und langsamen Erklärungen, bis das Kopfnicken eindeutig Verständnis signalisierte.
Und wenn sich dann dadurch die Fünftklässler um ihre Unterrichtszeit betrogen fühlten und maulten:
„Warum müssen Sie das denn jetzt den kleinen Pöksen erklären,

die brauchen doch alle viel zu lange, das zu kapieren. Außerdem ist das für die noch gar nicht dran."

...dann antwortete er gelassen:

„Wisst ihr, ich habe es doch damals bei euch genauso gemacht. Was ihr als Schüler in der zweiten Klasse schon begriffen habt, das hilft euch, wenn es dann erst mal in der Fünften dran ist. So ist das in meinen Augen keine verschenkte Zeit und Liebesmüh..."

Wir Jüngsten hatten unsere Plätze ganz vorne, je älter die Schüler waren, desto weiter hinten saßen sie, sodass die Sechstklässler schließlich an der hinteren Wand lehnten. Dadurch wurde in der Regel auch verhindert, dass irgendwelche Eierköpfe uns Kleinen die Sicht nahmen.

Ich zählte zu den Zurückhaltensten der ganzen Klasse; ich sagte selbst dann:

„Weiß ich nicht..."

...wenn ich die richtige Antwort wusste, nur um nicht laut irgendetwas erklären zu müssen. Ich hasste das Gefühl, dass tausend Augen auf mich gerichtet waren... und dann waren die alle -bis auf Marvin- auch noch viel älter als ich.

Marvin war da von Anfang an anders. Er fragte immer frei heraus, was ihn interessierte, und das waren meist Fragen für die höheren Klassen.

Bei gestellten Aufgaben hatte er auf alles eine Antwort... egal, ob sie richtig war oder nicht; sein Finger schoss selbst dann in die Höhe, wenn Herr Schnellschnapp eine Aufgabe gestellt hatte, die wir Jüngsten noch gar nicht lösen konnten.

Und da unser Lehrer reinen Herzens war und keinen benachteiligen wollte, nahm er hin und wieder auch Marvin an die Reihe. Die Antworten waren derart weit über das Ziel hinausgeschossen, dass man sie bestenfalls ob ihres philosophischen Gehaltes ernst nehmen konnte - wissenschaftlich gesehen waren sie eine Katastrophe.

Marvin fiel in unserer Gemeinschaftsklasse aber nicht nur wegen dieses unglaublichen „Engagements" im Unterricht auf, vielmehr war er von Anfang an der von allen Alterssemestern gleichermaßen geschätzte Klassenclown. Bei jeder seiner Wortmeldungen war der Raum erfüllt von der Erwartung, dass es gleich wieder etwas zu lachen geben würde...

Nun muss aber eingeschoben werden, dass sich Marvins Komik nicht auf den typischen Kinderhumor gründete, der den meisten Witz aus dem Analbereich zieht, wo Worte wie „Pups", „Kacke" oder „Popo" ansich schon den Witz ausmachen. Vielmehr fand er mit seinem Witz für alle Altersbereiche den gleichen Nenner, um es für die Fünft- und Sechstklässler zu sagen...

Und um es den Zweitklässlern zu erklären: Wenn man sich für die jeweilige Altersklasse all das einkreist, was als komisch empfunden wird, so gibt es hier auch Überschneidungen, über die ein Erstklässler genauso lachen kann wie der Elf- oder Zwölfjährige. Und das wäre in der Mengenlehre die Schnittmenge.

Und für eben diese Schnittmenge, diesen gemeinsamen Nenner hatte Marvin ein unglaubliches Gespür. Wenn er also auf den Pfaden der Heiterkeit wandelte, dann vergaß man augenblicklich sein Alter und er war nur noch ein wichtiger Katalysator in der Unterrichtswelt, ein Ventil, das den angestauten Lernfrust als befreiendes Lachen ablassen konnte. Solch eine Möglichkeit wird immer gern genutzt, auch wenn sie -wie in unserem Fall- noch anderthalb Köpfe kleiner war als die meisten anderen.

Unser Lehrer war glücklicherweise ein humorvoller Mensch und räumte dem wohl tuenden Witz in seinem Unterricht genügend Raum ein, manches Mal entschlüpfte ihm sogar selbst ein lautes, helles Lachen, das spitz über unsere Köpfe hinwegklang. Und nachdem sich sein Ausdruck wieder dem Ernst des weiteren Unterrichts zugewandt hatte, erklärte er uns:

„Apropos Witz, es gab mal einen bedeutenden Mann namens Sigmund Freud, und der hat ein schlaues Buch geschrieben, und darin sagt er: Ein Witz wird gemacht, damit man das, was man sich so nicht traut zu sagen, über den Umweg des Witzes doch sagen kann. Somit ist einen Witz zu machen eine besonders schöne Form, die Dinge zu kritisieren, also seine Meinung dazu sagen zu können."

26

Ja, so war Herr Schnellschnapp!

Ganz anders als jener Lehrer, der an einem Tag der Woche auf seinem alten Mofa angebraust kam. Herr Panzer strahlte nur Strenge und Kälte aus, sein knautschiges Walrossgesicht hellte sich niemals auf, und wenn es einen Menschen gab, der die pure Humorlosigkeit personifizierte, dann war das unser Werk- und Kunstlehrer.

Zwar zeigte er uns kompetent, wie man einen Hammer, wie eine Feile anwendet, vermittelte uns Wissenswertes über Holzmaserung, Materialbeschaffenheit und vor allem: seinen Arbeitsplatz wieder blitzsauber zu hinterlassen... wehe aber, jemand machte eine dumme Bemerkung, über die andere lachten, dann verfinsterte sich das sowieso schon düstere Gesicht des vielleicht Fünfzigjährigen und dann...

Es gibt Menschen, die paaren ihren gewittrigen Gesichtsausdruck mit schneidender Schärfe in der Stimme, die wählen wenige, wohlgesetzte Worte, um damit nicht nur ihre eigene Autorität zu demonstrieren, sondern und vor allem um uns kleine, unschuldige Schüler zu Eissäulen gefrieren zu lassen. Wehe dem, der seinen Zorn erregte...

Unserer gesamten Klasse war sofort klar, dass es unweigerlich zum Krieg zwischen Herrn Panzer und Marvin kommen musste.

„Marvin... wenn du deine Aufgabe erfüllt hast, mache auch den Arbeitsplatz wieder sauber, anstatt hier mit deinem Gerede die anderen von ihrer Arbeit abzuhalten." -

„Herr Panzer, mein Platz ist so sauber, dass Sie da Kuchenteig drauf ausrollen können."

Das war die erste und letzte Bemerkung, die uns in Gegenwart von Herrn Panzer lachen ließ.

Das Gesicht unseres Werk- und Kunstlehrers verfinsterte sich derart, dass uns schnell das Lachen im Halse stecken blieb. Sein Kopf wurde feuerrot, er pumpte sich wütend auf und ballte die Hände zu Fäusten.

Stellvertretend für meinen Bruder versank ich schon mal ängstlich und voller Respekt im Erdboden und erstarrte gleichzeitig vor

Schreck... ein jetzt an mich gerichtetes Wort dieses Lehrers hätte mich bis ins Mark erbeben lassen, ich hätte diesem vernichtenden Blick sicherlich nicht lange standhalten können und wäre sofort in Tränen ausgebrochen.

Nicht so mein Freund und Bruder Marvin, der sich augenscheinlich keiner Schuld bewusst war, und der mit gelöstem Ausdruck dieser wutschnaubenden Bulldogge die Stirn bot.

„Ich lass mich hier von dir nicht zum Hampelmann machen." brüllte Herr Panzer mit donnernder Stimme.

„Ich mache Sie gar nicht zum Hampelmann..." sagte Marvin ruhig, und so wie er das „ich" betonte, wurde die eigentliche Aussage seiner Antwort klar...

Innerlich lachten wir alle; äußerlich aber merkte man uns keine Regung an. Wir taten so, als würden wir uns auf unser Werkstück konzentrieren, wagten kaum aufzublicken und mucksten uns nicht.

Marvin blieb gelassen und sah Herrn Panzer mit entwaffnender Unschuld direkt an. Und ich wusste, er verstellte sich nicht, es kostete ihn keine Anstrengung... Marvin war wirklich gelassen, fühlte sich wirklich unschuldig... eine zu Unrecht ausgespielte Autorität konnte bei ihm nicht greifen, auch wenn sie sich gerade als eisern bohrender, Verachtung und Zorn aussprühender Blick offenbarte.

Wir anderen spürten förmlich die raumerschütternde nächste Schimpfattacke voraus, die unserem Werk- und Kunstlehrer entfahren sollte und duckten uns innerlich. Und wirklich, kaum dass die Klasse einmal kollektiv schwer aufgeatmet hatte, dröhnte, donnerte und blitzte es nur so, dass augenblicklich die Scheiben beschlugen und die Wände dunkelbraun anliefen. Doch Marvin blieb aufgerichtet sitzen... und es konnte nur eine Halluzination unseres Lehrers gewesen sein:

„Was grinst du so frech, du Kröte..."

Ich schwöre, dass sich auf Marvins Gesicht nicht mal der Ansatz eines Grinsens zeigte.

Noch ehe Marvin etwas sagen konnte, -ich war sicher, es hätte für uns zumindest innerlich wieder etwas zu lachen gegeben- klatschte eine Ohrfeige feuerrot auf Marvins Wange, der daraufhin hochfuhr, den Lehrer aus großen Augen ansah, erstarrte, und plötzlich wieder seinen gelassenen Ausdruck bekam:

„Ich werde doch jetzt nach Haus geschickt, oder?"

Und obwohl Marvin wirklich seinen Mantel anzog und den Klassenraum verließ, wusste jeder von uns, dass diese Schlacht von Marvin gewonnen war; mein Bruder hatte all seine Souveränität behalten, sein vermeintlicher Rückzug war ein Triumph; zurück blieb ein geschlagener Erwachsener, besiegt durch einen Siebenjährigen.

Sehr unterschwellig wurde dieser Krieg weitergeführt. Herr Panzer wusste, dass er mit Toberei und lautem Schimpfen bei Marvin nichts erreichen würde... und das Zermürbende daran war, dass dieses kleine Kind nicht etwa dichtmachte, sich nicht entzog, sondern offen für Konfrontation blieb. Somit rannte man bei ihm nicht gegen eine Mauer, sondern sämtliche Türen ein, wo dann sehr geistvoll und gewitzt die Attacken umgebogen und damit wie ein Boomerang automatisch zu Rückschlägen wurden.

Herr Panzer fand die einzige Waffe gegen Marvin in Ignoranz und letztlich in der Vergabe einer völlig ungerechtfertigten Zensur... doch mein Bruder nahm auch das mit seiner ungetrübten Gelassenheit.

Was uns erstaunte, angesichts eines derart geführten Kampfes: Herr Panzer berief sich zu keiner Zeit auf die Hilfe unseres Klassenlehrers oder Marvins Eltern.

Immer wenn ich Marvin auf Herrn Panzers Attacken ansprach, wenn ich mich im Mitgefühl sogar persönlich getroffen fühlte, als in seinem Zeugnis ein Mangelhaft für Werkunterricht gegeben wurde, dann grinste mich Marvin freundlich an und antwortete:

„Ach, das ist doch egal."

Später, in den weiteren Jahren würde er noch hinzufügen:

„...das muss man alles nicht so ernst nehmen."

Mir kam er schon so groß, so erwachsen vor, wie er all seine Gefühle zu beherrschen verstand, wie er statt erwarteter Gefühlsausbrüche seine Witze machte und sich durch nichts und niemanden aus der Ruhe bringen ließ. Das erschien mir übermenschlich, und in meinen Augen war er schon in seinen Kindertagen eine große Persönlichkeit.

Schließlich, als Marvin und ich in die sechste Klasse wechselten, kapitulierte unser Werk- und Kunstlehrer, er fand eine neue Anstellung in einer größeren Stadt, wo er wahrscheinlich ungehindert rumschreien und Kinder zwiebeln konnte.

Herr Schnellschnapp unterrichtete für das letzte Jahr nun auch noch Werken und Kunst... und er wird sicherlich Mühe gehabt haben, der Bildungsbehörde zu erklären, wie einer seiner Schüler in den Fächern Kunst und Werken vom „Mangelhaft" zu einem „Gut" kommen konnte.

Alle Sommer einer glücklichen Kindheit sind in der Erinnerung schön und nur voller Sonnentage. Doch dieser Sommer, wo Marvin gerade elf Jahre alt geworden war, erschien uns als der schönste Sommer von allen. Die Sonne lachte jeden Tag aufs Neue, selten vorher hatten wir in unseren Ferien so viele Streiche gemacht, so intensiv die weitere Gegend erkundet und aufregende Erlebnisse gehabt wie in diesem Sommer. Außerdem ist er mir wahrscheinlich deswegen so sehr in Erinnerung geblieben, weil es der Sommer unseres ersten, gemeinsamen Urlaubs war, für vierzehn Tage in ein fremdes Land...

Gemeinsam stimmt übrigens nicht ganz, Marvins Vater konnte nicht mitkommen. was wir nicht verstanden und was unsere Urlaubsfreuden ein wenig überschattete...

„Mama, warum kommt Papa nicht mit." fragte Marvin.

„Es geht nun mal nicht. Papa hat keine Zeit." -

„Warum hat er keine Zeit? Wir fahren alle in Urlaub, da muss er doch mit." -

„Nein, Schatz, das geht wirklich nicht," erwiderte Anna, „...Papa muss hier bleiben und weiter Geld verdienen."

Marvin und ich hatten sofort das sichere Gefühl, dass uns etwas vorgemacht wurde.

„Warum muss er denn Geld verdienen, wenn wir in Urlaub wollen. Da muss Papa doch auch Pause machen mit dem Geldverdienen." -

„Schatz, glaub mir, es geht nicht. Und damit möchte ich jetzt auch nicht mehr dazu gefragt werden, okay?" -

„Ich will aber, dass Papa mitkommt."

So ging das Stunden weiter, bis Anna uns heranholte, sich zu uns niederhockte und eindringlich und voller Ernst erklärte:

„Also passt mal auf, im Grunde ist die Sache ganz einfach. Ihr wisst ja, dass wenn Fremde nach Papa fragen und euch ein Foto von ihm zeigen, dann dürft ihr ihn nicht erkennen und nicht sagen, dass ihr ihn kennt. Sonst kommt er nämlich ins Gefängnis, weil er doch vom Militär abgehauen ist. Und wer das tut, der kommt ins

31

Gefängnis. Aber Papa will nicht lernen, wie man Menschen umbringt. Deshalb musste er weg. Versteht ihr. Und wenn Papa mitkommen würde, dann kann es sein, dass er an der Grenze verhaftet wird. Und das wollen wir doch alle nicht, oder?" -

„Na gut. Dann is' okay!"

Koffer kannten wir nicht, hinter den Sitzen in unserem Bus türmte sich ein bunter Haufen durcheinanderliegender Kleidung, Bücher, eingerissener Landkarten und Getränkeflaschen. Marvin und ich saßen schon auf unseren Plätzen; wir hatten uns gerade von Carl verabschiedet. Nun stand er hinter unserem Bus, unsere beiden Mütter gleichzeitig im Arm. Er hielt sie still, hatte die Augen geschlossen, wirkte ebenso abwesend wie dicht bei ihnen... dann öffnete er die Augen und küsste beide gleichermaßen zum Abschied auf den Mund. Hinter ihnen stand mein Vater, wartete, bis diese innige Verabschiedung beendet war, um Carl daraufhin fest in den Arm zu nehmen.

Anna sprang hinter das Steuer, rief laut und gut gelaunt:

„Mach's gut, mach's gut..." und startete; Hans und Inge stiegen hinzu, wuselten sich auf ihren Sitzen zurecht und stimmten in Annas fröhliches Winken ein.

Ich blickte mich traurig nach Carl um, während Marvin breit grinste und nur noch Augen für die Straße hatte.

Anna fuhr fast auf der Mittellinie, die weißen Streifen schossen wie Pfeile unter unserem Auto hindurch. Die Landschaft flirrte im Sonnenlicht, der Fahrtwind wehte in unseren Wagen und roch intensiv nach Sommer und Urlaub. Draußen vibrierte alles vor Farbe und Fröhlichkeit. Die Welt um uns atmete Hitze; es hatte schon seit vielen Tagen nicht mehr geregnet.

Hans setzte seine Füße auf das Armaturenbrett, griff zur Gitarre und schlug kräftig Akkorde an, zu denen er zu singen begann. Unsere Mütter stimmten ein, und zusammen sangen sie der hellscheinenden Sonne entgegen.

Vorfreude paarte sich mit Wohlgefühl und dem Spüren von Gemeinsamkeit. Und plötzlich begann unser Bus ganz sanft zu schweben, sich vom Asphalt zu lösen; wir wurden so leicht, dass wir zu fliegen begannen... zwar nur einen Hauch über der Straße, aber wir flogen...

Wir durchfuhren kleine Städte und Dörfer, deren typische Architektur uns fremd war, wir ließen riesige Kirchen hinter uns, von denen wir in Pausen manche auch kurz besichtigten, wir hielten unsere nackten Füße in eiskaltes Bachwasser, gingen in vornehmen Restaurants essen... bis wir schließlich inmitten von Bergen auf einem kleinen Zeltplatz rasteten.

Marvin und ich schliefen zum ersten Mal in einem Zelt, während Inge, Anna und Hans die Sitzbank umgeklappt und aus dem hinteren Teil unseres Busses einen Schlafplatz gerichtet hatten. An allen Fenstern, selbst über die Windschutzscheibe konnten sie kleine Gardinchen zuziehen... und nachts hörten wir Stimmen, Stöhnen und unterdrückte kurze Schreie aus dem Bus.

„Jetzt tun sie's wieder." sagte Marvin beiläufig.

Mich überkam ein kribbliges Gefühl, irgendetwas schien mir befremdlich an all den Lauten. Ich wusste im Übrigen auch nicht, was Marvin mit seiner Äußerung meinte und beruhigte mich damit, dass unsere drei Eltern wohl einen unruhigen Schlaf haben mochten.

Am nächsten Morgen hatten sie viele runde Steine zusammengesucht und mit unserem Rost eine Kochstelle für Teewasser gebaut. Aus dem Kessel pfiff schon der Wasserdampf. Inge zerbrach ein kleines Brot in möglichst gleich große Stücke, stippte sie kurz in den Margarinetopf und reichte jedem von uns sein Frühstück.

Plötzlich kam ein langbärtiger Mann mit Halbglatze und freiem Oberkörper auf uns zugerannt. Sein Auto war nicht nur mit zwei Rädern etwas zu tief in einen ausgetrockneten Straßengraben geraten, es sprang auch nicht mehr an.

Wir alle ließen uns von ihm zur „Unglücksstelle" führen, Marvin bekam die ehrenvolle Aufgabe, sich hinter das Steuer zu setzen und den Wagen schließlich wieder auf die Straße zu lenken, während der Bärtige, seine Frau, unsere Eltern und ich aus Leibeskräften schoben. Nie vorher hatte ich eine dermaßene Kraft aufgewendet.

Marvin spielte am Steuer den geschickten Autofahrer, der lässig mit einer Hand zu lenken versteht und mit wichtigem Gesicht seinen „Motor" anfeuert:

„Jupp... jupp... so kriege ich das hin. Ja... ha'm wir gleich. Ein kleines Stück noch. Und etwas kräftiger... jetzt mit Schwung. Mensch, wenn ich nicht so gut fahren könnte. Gleich haben wir's. Ein bisschen noch..."

Ich weiß nicht warum, aber mit dem Tonfall, den Marvin anschlug, mit seiner Betonung, die auf treffende Weise einen angeberischen Erwachsenen parodierte, brachte er jeden von uns so zum Lachen, dass dieses Lachen uns fast unsere Kräfte geraubt hätte. Und auch der fremde Bärtige und seine Frau lachten über Marvin, obwohl sie ihn überhaupt nicht kannten.

Am Abend vorher, auf dem Zeltplatz, waren wir an einer Gruppe Erwachsener vorbeigelaufen, die in ausgelassener Stimmung um ein Feuer saßen: Sie schlugen sich vor Lachen auf die Schenkel, die Köpfe hochrot, Tränen kullerten schon aus ihren Augen, manche kreischten regelrecht oder trommelten mit den Fäusten auf den sandigen Boden. In dieser Stimmung brauchte einer nur den albernsten Witz zu machen, schon grölte alles von neuem... und doch vermochte keiner der Scherze, keiner der gerissenen Witze uns auch nur das müdeste Lächeln abzuringen. Wir fanden diesen bunten Haufen Erwachsener einfach nur kindisch...

Jetzt im Nachhinein bin ich sicher: hätten wir zu dieser Gesellschaft gehört, wären uns die einzelnen Leute bekannt und vertraut gewesen, auch wir hätten gelacht und uns fröhlich auf die Schenkel geklatscht.

Nach unserer kleinen Rettungsaktion ging es weiter, wir knüllten unser etwas klammes Zelt zusammen und stopften es zu den durcheinander liegenden Klamotten in den hinteren Teil unseres Busses.

Eine grelle Sonne überblendete die Landschaft; bald erreichten wir die Grenze nach Frankreich. Plötzlich sah die Gegend anders aus, viel entspannter, nicht so auf weiß getünchte Fassade gemacht, die Menschen wohnten auch in halbverfallenen Häusern, sie fuhren mit Blechlauben in ungekannt rasanter Weise, blieben aber trotz Tempo und Temperament lässig und locker. Die längsten Weißbrote der Welt unter dem Arm liefen die ärmlich gekleideten Franzosen am Straßenrand entlang, und ihre komischen Filzkappen verliehen ihnen trotz zerschlissener Kleidung Eleganz und Chic.

Die alten, hölzernen Plakatwände zeigten fremde Reklame in fremder Sprache, und während ich das eine oder andere mühsam abzulesen versuchte, sprach Marvin das Gelesene mit derartiger Selbstsicherheit aus, dass man hätte schwören können, er sei der fremden Sprache mächtig, und doch bluffte er mal wieder. Anna am Steuer lachte hell auf und berichtigte mit ebenso nasalen wie kehligen Fremdlauten.

„Sag ich ja!" entgegnete Marvin, wiederholte kunstvoll den französischen Satz seiner Mutter, und wirklich war vom Sprachklang her plötzlich kein Unterschied mehr zu hören.

„Ist das toll, ist das toll hier." rief Marvin immer wieder begeistert aus.

Auch ich freute mich an der Landschaft, an den Serpentinen, den kleinen Dörfern, doch ich erlebte -im Gegensatz zu meinem Bruder- das Ganze nicht so sehr im Moment als vielmehr in der Vorfreude auf das Mittelmeer, das türkisblau sei, wie unsere Eltern sagten.

Mir wurde die ganze Fahrt zu lang, ich konnte nicht mehr sitzen, ich wollte nicht mehr unterwegs sein... sondern endlich ankommen...

„Wie lange denn noch? Wann sind wir denn endlich da?" nörgelte ich.

Vier Gesichter wandten sich mir zu, und auf jedem war knittriges Unverständnis abzulesen:

„Ja, sag mal, genießt du die Fahrt denn nicht. Der Weg ist doch immer das Ziel." erklärte mein Vater mit wichtigem Gesicht.

„Schon, aber ich will endlich im Meer baden." -

„Alles zu seiner Zeit. Jetzt wollen wir erst mal das wunderschöne Land genießen, ja?" -

„Okay, aber ich hab schon Blasen am Arsch."

Ich bin sicher, hätte Marvin diesen letzten Satz gesagt, genau in diesem Wortlaut, ohne ein Wort wegzulassen oder hinzuzufügen, alle hätten darüber gelacht, bei ihm wäre diese Bemerkung witzig gewesen. Nur bei mir lachte keiner, bei mir war es kein Witz.

Zwar mokierte sich niemand über den etwas rüden Begriff, meine Bemerkung wurde mit demonstrativer Gleichgültigkeit quittiert, nicht einmal Marvin schenkte mir ein müdes Grinsen. Alles halb so schlimm. Ich wusste ja, dass ich nicht komisch sein konnte, je mehr ich mich bemühte, desto mehr verfing ich mich in Albernheit und Verkrampfung.

Nach wunderschönen, sonnigen, faulenzerischen und entspannenden Urlaubstagen, die wir vom frühen Morgen bis zum Sonnenuntergang ausnahmslos am Stand verbracht hatten, keimte in uns Jungen der Wunsch nach einer Erlebnistour in diesem fremden Land. Unsere Mütter zogen die gepflegte Faulenzerei einer Tagesfahrt mit unserem Bus vor, zum Glück aber konnten wir Hans für unser kleines Abenteuer gewinnen. Und diese Fahrt wurde auch zu einem Abenteuer reinsten Wassers...

Ohne einen konkreten Plan zu verfolgen, fuhren wir abgelegene Serpentinenstraßen entlang, vorbei an prächtigen Villen; und je geheimnisvoller eine Straße anmutete, desto größer war der Reiz, dort entlang zu fahren, immer in der Hoffnung, wir fänden schließlich ein Paradies.

Schon lange war uns kein Auto mehr gefolgt oder entgegengekommen, auch mit Häusern wurde es immer dünner, die Straße war nicht mehr befestigt. Bald waren wir sicher, hier oben würden wir keiner Menschenseele mehr begegnen, was unsere Abenteuerlust nur noch mehr steigerte.

„Ich brauch' gleich 'ne Pause," stöhnte Hans, „... außerdem ist mir so 'n bisschen komisch im Magen."

Unser Bus erklomm die immer steiler werdende Steigung und erreichte schließlich den obersten Punkt, einen kleinen, steinigen Parkplatz. Hans machte den Motor aus, riss seine Fahrertür auf, taumelte zwei, drei Schritte heraus und musste sich übergeben.

„Iiiih, Hans kotzt! Da ist wohl der Bauch schneller in die Höhe gefahren als das Auto, hehe!" kommentierte Marvin grinsend und buffte mich in die Seite.

Hans wandte sich uns mit einem säuerlichen Lächeln zu, dann wieder abrupt ab und übergab sich ein weiteres Mal.

„Scheiße, wenn mich nicht alles täuscht, hab ich 'n Sonnenstich."
Er fühlte seine Stirn, konnte aber nichts ungewöhnliches feststellen. Bald grinste er wieder und kam uns entgegen.

„Ihr könnt bedenkenlos aussteigen, ich dürfte nichts mehr in mir haben."

Sein Ausdruck war gelöst, man hätte schwören können, dass er sich wieder ausgezeichnet fühlte, er begann uns schon breit anzulächeln... plötzlich aber verschwand das Lächeln, sein Gesicht verzog sich im Schmerz, er krachte in gekrümmter Haltung seitlich auf den Boden, die Hände fest auf den Bauch gepresst.

„Ahhh... verdammt, was sind das für Schmerzen, ahhh... ich halt das kaum noch aus."

Marvin und ich stürzten auf ihn zu; mein Bruder hielt ihm den Kopf, ich lief wie ein aufgescheuchtes Tier um ihn herum, völlig hilflos... und wusste nicht, was ich tun sollte.

„Papa, was ist... Papa nicht!"

In meiner Hilflosigkeit begann ich zu weinen; je lauter Hans schrie und sich im Schmerz wand, desto heftiger musste ich weinen.

„Was sollen wir denn tun?" kreischte ich; Marvin blieb ruhiger:

„Hans, versuch mal, dich auszustrecken, es wird gleich aufhören mit den Bauchschmerzen. Hauptsache ist doch, dass du nicht in deine eigene Kotze gefallen bist."

Hans verzog den Mund und musste ein wenig lachen, doch das verschlimmerte für den Moment seinen Schmerz. Plötzlich begann er zu schreien und stöhnen, dann fiel sein Kopf zur Seite, die Augen blieben geschlossen, der Mund nur noch leicht geöffnet; sein Atem ging sehr schwach. Meine erste Reaktion war ein Aufschrei und:

„Nein... Papa ist tot. Was sollen wir machen?" -

„Der ist nicht tot, nur bewusstlos, komm hilf mir, wir müssen ihn im Auto hinlegen... ihn irgendwie aus der Sonne rauskriegen."
Ich weiß nicht wie, in der Not soll man ja ungeahnte Kräfte besitzen, hatten wir ihn schließlich auf der Liegefläche unseres Busses, dem Urlaubsbett unserer Eltern.

Hans war noch immer nicht bei Bewusstsein; Marvin fächelte ihm mit einer zusammengeklappten Landkarte frische Luft zu, ich rüttelte behutsam an ihm, als wollte ich ihn zärtlich wecken. Doch mein Vater schlug die Augen nicht auf; er atmete gleichmäßig und es schien, als schliefe er seelenruhig.

Marvin sah mich besorgt an und sagte:
„Ich weiß nicht, aber ich glaube, Hans muss so schnell wie möglich ins Krankenhaus."
Er blickte sich um - kein Mensch war in Sicht, kein Haus, keine Gelegenheit zu telefonieren.
„Scheiße, was machen wir, Papa darf nicht sterben!"
Marvin erhob sich, lief um den Wagen und stieg nach kurzem Zögern hinters Steuer:
„Ich werde es versuchen, ich hab das noch nie gemacht, aber ich muss jetzt Auto fahren. Steig schnell ein und hilf mir dabei."
Ich weinte wieder, vor Angst, doch ich stieg schnell ein, weil es klar zu erkennen war, dass wir im Moment keine andere Wahl hatten.

Marvin hantierte an seinem Sitz, bis er ihn in die vorderste Position gebracht hatte, und trotzdem musste er sich mal zum linken, mal zum rechten Pedal strecken, um es überhaupt zu erreichen.
Der Zündschlüssel steckte noch, Marvin startete den Wagen, ließ den Motor laut aufheulen und probierte die Gänge im Leerlauf. Dann fuhr er bockend an; gab zu viel Gas und trat im Schreck voll auf die Bremse. Der Wagen stand.
„Du musst mir helfen, achte mit auf alles, damit ich das hinkriege."
Ich wollte schreien, wollte alle Verantwortung von mir stoßen, rausrennen, mich in den staubigen Sand werfen und nur noch weinen, doch ich musste mich zusammenreißen; obwohl Marvin

jetzt der Schweiß in dicken Perlen auf der Stirn stand, blieb er bewundernswert ruhig:

„Wir müssen uns jetzt trauen; ich bin noch nie Auto gefahren, aber es muss jetzt klappen. Oh Gott, hoffentlich stürzen wir hier nicht irgendwo ab."

Ich blickte mich besorgt nach hinten um, Hans war immer noch bewusstlos. Marvin kündigte an, dass er nun losfahren würde, so musste ich meine Augen konzentriert auf die Straße richten... auf die Straße und am besten auch zugleich auf jeden Handgriff, den Marvin machte.

Der Rückwärtsgang ließ sich nach vergeblichem Motorengeheule erst beim zweiten Versuch schalten. Ich blickte nach hinten, gleich danach in den Rückspiegel... ich hatte eine Heidenangst, dass Marvin plötzlich zu viel Gas gäbe, sodass unser Bus über den Rand hinweg in die Tiefe stürzen würde, die wenigen dürren Büsche hätten uns niemals halten können.

Anfangs ohne hochzuschalten nahm Marvin dann das Gefälle mit wenig Gas, doch die Räder machten so schnelle Umdrehungen, dass der Motor immer heller aufzuheulen begann. Irgendwann riss mein Bruder den nächsten Gang rein, der zumindest das Motorengeräusch verringerte.

Ich betete, dass uns auf dieser Straße bloß kein anderes Fahrzeug entgegenkommen würde; die Fahrbahn war viel zu schmal... vor Nervosität fuhr Marvin in leichten Wellenbewegungen; seine Hände umkrampften das Steuer, sein Blick war starr nach vorne gerichtet.

„Halte Ausschau nach einem Telefon... oder nach einem Krankenhaus... nach einem roten Kreuz oder so." forderte Marvin mich auf, er sprach leise und gepresst, dann: „...bei der nächsten Kreuzung habe ich ihn... den Führerschein... zumindest verdient!"

Ich musste lachen, trotz all meiner Anspannung, meiner Nervosität... und trotzdem mir die Tränen immer noch in den Augen standen.

An einer Auffahrt auf eine breitere Straße bremste Marvin scharf ab, sodass ich mich besorgt nach meinem Vater umdrehte; er war immer noch ohne Bewusstsein, lag da wie ein selig Schlafender.

Marvin musste einige Autos vorbei lassen, ehe er weiterfahren konnte. Mir kam unser Tempo viel zu schnell vor, obwohl es kaum mehr als sechzig Stundenkilometer waren. Die Angst vor einem schrecklichen Unfall rang mit der Angst, dass wir nicht mehr rechtzeitig einen Arzt oder ein Krankenhaus erreichen würden.

Wie ein Besessener stierte Marvin in seiner verkrampften Haltung auf die Straße, hörte mich nicht mehr, reagierte nicht mehr auf mich, der ihn immer wieder aufforderte, nicht so schnell zu fahren. Unser Wagen beschleunigte weiter.

In kindlich-überzogener Einschätzung war ich sicher, dass wir über dreihundert fahren würden... so schnell wie eine Rakete zum Mond.

Dann plötzlich - irgendetwas lenkte meinen Blick darauf:

„Sag mal Marvin, kann es sein, dass die Roten Kreuze hier in Frankreich grün sind?"

Marvin bremste so abrupt, dass der Wagen zu schleudern begann, er nutzte die Motorbremse - wie er mir später sagte nur instinktiv, und als er schließlich im leise ausrollenden Wagen auch noch mit aller Wucht die Handbremse hochriss, stand unser Wagen direkt vor einer großen Apotheke, wo sich im selben Haus auch die Praxen mehrerer Ärzte befanden.

Ich sprang heraus und rannte in die Apotheke. Den Mann hinter dem Tresen nahm ich ohne ein Wort so entschieden bei der Hand und zog ihn mit mir nach draußen, dass diesem keine Zeit mehr blieb, sich überhaupt zu wundern.

Marvin hatte die Seitentür bereits geöffnet; ich zeigte auf unseren bewusstlosen Vater, in meinem Gesicht stand alle Sorge geschrieben...

Der Apotheker drehte sich sogleich um und rief aufgeregt einen zweiten Mann herbei, der auch aus der Apotheke gestürzt kam, die Lage mit einem Blick erfasste und Hans Beine packte. Marvin begleitete sie, um Türen aufzuhalten, um vielleicht beim Tragen zu helfen, während ich mich auf die Liegefläche des Autos warf und bitterlich weinen musste.

Meine Verzweifelung, meine Angst, Hans würde sterben, wuchs so rasend an, dass ich nicht mehr anders konnte, als mich in einen tiefen, traumlosen Schlaf zu flüchten. Ich hätte schwören können, dass ich für eine Sekunde nur weggenickt war, doch Marvin, der mich weckte, sagte mir, dass bereits drei Stunden vergangen seien und dass Vater sein Bewusstsein wieder gefunden habe.

Es war eine schwere Vergiftung gewesen, und nur uns zu verdanken, dass er sie überhaupt überlebt hatte.

Trotzdem blieb Vater noch weitere drei Stunden in der Praxis, der Arzt selbst wollte ihn an diesem Tage gar nicht mehr gehen lassen, doch Vater bestand schließlich darauf... auch im Hinblick auf unsere Mütter, die sich sicherlich schon zu Tode sorgen würden.

„Soll ich wieder fahren, Hans?" fragte Marvin und zeigte ein breites Grinsen.

Vaters Lächeln war amüsiert und voll Bewunderung zugleich.

„Ich kann es gar nicht oft genug sagen... ihr beiden habt mir das Leben gerettet, und dafür bin ich euch unendlich dankbar. Ich bewundere euren Mut und eure Tatkraft. Ihr seid wirklich ganz, ganz toll."

Und obwohl ich mich überglücklich fühlte, dass alles gut ausgegangen war, obwohl mich Vaters Munterkeit über alle Maßen erleichterte, fühlte ich mich nach seinem letzten Satz plötzlich bedrückt und beschämt. Seine Lobworte dürften in Wirklichkeit nur Marvin gelten, er war der eigentlich Mutige, der Held... ich hatte doch nur geheult. Wenn ich allein gewesen wäre... ich wäre nur geflüchtet, ich hätte ihn allein wahrscheinlich nicht retten können.

Am Ende der Fahrt stieß mich Marvin freundschaftlich an und flüsterte mir zu:

„Hey, ohne dich hätte ich das nicht geschafft, wärst du nicht gewesen und hättest mir geholfen, dann wär' ich nie Auto gefahren. Wir haben's zusammen geschafft."

Diese Worte kamen gerade rechtzeitig; in meiner Verzweiflung wären mir fast wieder die Tränen gekommen.

Auch bei unseren Müttern wurde zwischen uns kein Unterschied gemacht: wir beide hatten in unserem waghalsigen Mut das Auto gefahren und damit unseren Vater gerettet, wir wurden als die Helden des Tages gefeiert, und dieses Freudenfest endete auch die nächsten und letzten Urlaubstage nicht...

Ungeduldig, euphorisch, geradezu übersprudelnd vor neuen Eindrücken kamen wir wieder zu Hause an und konnten es gar nicht erwarten, Carl von unserem Urlaub zu erzählen, besonders unser Abenteuer. Doch nichts deutete auf einen Empfang hin, Carl war nicht einmal zu Hause. Dabei wusste er doch, dass wir heute wiederkamen, und es war ansonsten selbstverständlich für ihn, dass er selbst bei geringeren Anlässen zu unserer Rückkehr die Kinderzimmer mit Girlanden und bunten Bändern schmückte und Schilder malte, auf denen er uns willkommen hieß.

Und jetzt: unsere größte, unsere längste Fahrt lag hinter uns... warum war er nicht da? Hatte er nicht auch genau solch eine Sehnsucht nach uns wie wir nach ihm?

Marvin verzog das Gesicht, blickte sich dann grinsend um und sagte:

„Na, er ist wohl mit seinen Vorbereitungen noch nicht ganz fertig geworden...“

Ich konnte meine Enttäuschung nicht verbergen, schmollte und wollte mich nur noch in mein Zimmer zurückziehen.

Die Unruhe unserer Mütter, ihre sorgenvollen Blicke, das gequälte, zittrige, halblaute Sprechen... all das griff auf mich über: ich hatte plötzlich das Gefühl, es sei etwas Schlimmes geschehen.

Marvin blieb als Einziger ruhig. Als Carl zur Schlafens-Zeit immer noch nicht zurück war, sagte er:

„Na, der Spaziergang wird aber lang.“

Und als Carl selbst am nächsten Tag nicht auftauchte:

„Ich glaube, der wohnt jetzt woanders.“

Am dritten Tag achteten unsere Mütter kaum noch darauf, welche Gespräche sie schon in unserem Beisein führten:

„Lass uns jetzt doch eine Vermisstenanzeige aufgeben. Es kann doch sein, dass etwas passiert ist.“ -

„Und wenn er aus irgendwelchen wichtigen Gründen weg ist, und wir jetzt bei der Polizei seine Identität preisgeben, dann ist das hier vorbei, wenn er zurückkommt.“ -

„Vielleicht hat er uns verlassen... aber dann würde er doch wenigstens einen Brief oder sowas schreiben." -

„Versteh' ich auch nicht."

Ich wurde das Gefühl nicht los, dass irgendetwas Schreckliches passiert war. Als ich in der Nacht noch einmal in Marvins Zimmer schlich, äußerte ich vorsichtig meine Vermutung:

„Marvin, ich glaube Carl ist tot..." -

„Ach Quatsch... niemals ist der tot. Dafür ist Papa doch gar nicht alt genug."

Es war weniger kindliche Naivität, als vielmehr der Versuch, mich über einen Witz mit seiner Zuversicht anzustecken.

„...du sollst sehen," fügte er noch an, „...wenn wir morgen aufwachen, ist Papa wieder da, und wir können ihm endlich unsere Rettungsaktion erzählen."

Am nächsten Morgen weckten mich wildes Türschlagen und aufgeregte Schritte auf der Treppe. Ich hörte Inge durchs ganze Haus rufen:

„Anna, die Polizei, die haben gerade vor'm Haus gehalten. Oh, Gott! Ich hab's gewusst. Anna, komm schnell."

Marvin und ich steckten gleichzeitig den Kopf aus unseren Türen und tauschten einen langen Blick.

Anna rannte an uns vorbei, ohne uns zu bemerken und stürzte die Treppe hinab. An unserer Haustür klopfte es hart und bestimmt. Marvin und ich schlichen zur Treppe, hockten uns nieder und hielten den Atem an.

Anna öffnete die Tür.

„Guten Tag. Sind Sie Anna Frayer?" -

„Ja, wieso?" -

„Kennen Sie Carl Lugen. Kann es sein, dass er bei Ihnen untergekommen ist?" -

„Wieso... Carl Lugen, welchen Carl Lugen?"-

„Hören Sie zu Frau Frayer, es hat uns lange mühsame Ermittlungsarbeit gekostet, Sie ausfindig zu machen. Carl Lugen hatte einen Brief in seiner Jackentasche... von Ihnen. Ich habe keine gute Nachricht. Carl Lugen ist tot... er ist erschossen worden.

44

Polizeibeamte haben ihn bei einem Einbruch auf frischer Tat überrascht. Bei der Verhaftung machte er Anstalten, zu einer Waffe zu greifen, da hat der Kollege geschossen. Es tut mir Leid, Ihnen das sagen zu müssen." -

„Aber... aber... Carl hat nie eine Waffe besessen."

Aus diesem Satz heraus weinte Anna auf, was in einen lauten Schrei überging:

„Bullenschweine, ihr habt Carl erschossen. Ihr habt ihn umgebracht."

Dann fiel die Haustür ins Schloss.

Wir beiden stürzten die Treppe hinab und sahen, dass Anna auf dem Boden kauerte und fürchterlich weinte, dass Inge sie im Arm hielt und langsam auch zu weinen begann.

Mir stand das Wasser in den Augen, ich fühlte einen Schlag in den Magen, es schnürte mir die Kehle zu.

„Carl darf nicht tot sein..."

Endlich brach auch mein Weinen heraus. Ich umarmte unsere Mütter, wollte dicht bei ihnen sein, wollte ganz fest gehalten werden.

Marvin stand etwas abseits, biss sich auf die Unterlippe und murmelte:

„Das erklärt natürlich, warum Carl immer noch nicht da ist."

Anna blickte auf und sah ihren Sohn verständnislos aus ihren tränenverschleierten Augen an. In mir regte sich bei allem Schmerz ein scheues, unsichtbares Lachen, was mir für den Moment half, den Schock etwas erträglicher werden zu lassen.

„Komm her, Marvin, komm her und weine ruhig. Du brauchst dich nicht zu schämen. Es hilft, wenn du weinst." -

„Nein, lass mal, ich muss nicht weinen. Papa ist tot! Das ist so ungefähr das Letzte, was ich... Zumindest ist es die schlechteste aller Ausreden, dass er jetzt nicht hier bei uns ist."

Marvin machte Witze, und es schien, als sprudelten sie nur so aus ihm heraus. Dabei wirkte er nicht unberührt. Er war es ganz bestimmt auch nicht. Aber wo andere mit ihrem Schmerz im Weinen Erleichterung und Bewältigung suchen, beging er den Pfad des

Humors.

Immer wenn sein Gesicht herabsank, wenn die Züge auf hochkommenden Schmerz hindeuteten, torpedierte er das quälende Gefühl schnell mit einen Witz und einem Grinsen auf den Lippen und schaffte somit sich, aber auch mir ein wenig Erleichterung... zumindest für den Moment.

Ich merkte Marvin an, dass er stolz war auf die eigene Größe des Bewältigens. Sein Schmerz wurde durch die Witze kleingedrückt, überdeckt und auch langsam zersetzt. Und die bloße Tatsache, dass ich dies von ihm wusste, ließ es für mich etwas einfacher werden.

Irgendwo weit hinten in mir lachte auch ich, und ich war dankbar, in diesem Meer aus Düsternis und Trauer ein kleines Licht aufflackern zu sehen, was mich leiten konnte zu einer Zeit hin, wo dieser Schmerz nicht mehr so gegenwärtig und einnehmend sein würde.

Wie sehr Marvin an Carl hing, zeigte sich mir daran, dass er bei jeder sich bietenden Gelegenheit das Gespräch auf ihn lenken musste.

Jahre später gestand mir Anna, dass sie ihren Schmerz nur ertragen konnte, weil sich sehr viel davon in Hass umgewandelt hatte, Hass gegen den Polizisten, der Carl erschossen hatte. Das war ihre Art der Bewältigung.

Marvin war der Erste von uns Fünfen, der den Satz aussprechen konnte:

„Heute fühl' ich mich wieder richtig gut."

Wenn es nicht die wertvolle Gabe des Humors ist, so heilt zumindest die Zeit fast alle Wunden. Irgendwann sprach auch ich den Satz aus, irgendwann hatte auch ich mit meinem Schmerz abgeschlossen... wollte endlich wieder unbeschwert durch mein Leben toben. Aber noch immer lag ein schwacher Schatten auf mir. Mit Carls Tod hatte ich mich verändert, war ein deutliches Stück erwachsener geworden; ein wenig von meiner kindlichen Glücklichkeit und Unbeschwertheit war seitdem verloren.

Zu unserem Schmerz gesellte sich etwas später noch ein anderes

Gefühl. Wir fühlten uns innerlich gezwungen, Carl neu einzuordnen. Er gehörte plötzlich zu den bösen Menschen, den Einbrechern, Dieben und Räubern, die in Büchern, erzählten Märchen und in manch nächtlichen Ängsten das Gegenbild zu uns und unserem Leben ausmachten, ein Schattendasein neben unserer hellen, heilen und fröhlichen Welt.

Wir schämten uns für ihn, plötzlich war die Erinnerung an ihn mit einem bitteren Gefühl behaftet... ich schreibe so einfach „wir"... ich darf eigentlich nur von mir reden, denn Marvin war derjenige, der all die Gefühle plötzlich neu zu ordnen wusste:

„Siehste, wenn Carl Einbrecher war, dann stimmt es nicht, dass Einbrecher immer böse sind."

...und der sogar Witze darüber machte:

„Na, er ist wenigstens einer anständigen Beschäftigung nachgegangen und hat nicht herumgelungert..."

Das Ende unserer Kindheit fiel auf einen Dienstag. Wir kehrten nach der Schule nur noch zum Mittagessen nach Hause, um dann bis zum Anbruch der Dunkelheit ausschließlich in der waldigen Umgebung herumzustreunen; manchmal, entgegen der Verbote unserer Eltern, stürmten wir auch nach dem Abendbrot vom Hof, um weiteren Abenteuern nachzujagen oder unser abgebrochenes Spiel fortzusetzen.

In unseren Fantasiewelten waren wir jedoch weder Räuber und Gendarm, noch Indianer und Cowboy, wir waren weder Lenker eines intergalaktischen Raumschiffs, noch Vater und Mutter irgendeiner Bilderbuchfamilie... sondern immer nur zwei andere Kinder. Manchmal Kinder, die aus einem Kinderheim ausbrachen und auf der Flucht waren, oder Kinder aus königlich reichem Hause, die sich jeden Wunsch erfüllen konnten... und am liebsten waren wir Kinderschauspieler aus Fernsehserien oder Spielfilmen.

Die Tatsache, dass unsere Eltern kategorisch das Fernsehen ablehnten und konsequenterweise auch keinen eigenen Apparat besaßen, veredelte die Momente, in denen wir zwischen Spiel und Abenteuer zu unseren erwachsenen Freunden Rosi und Peter auf den Hof am Ende des Dorfes kamen, um dort all jene Sendungen zu gucken, die wir uns herausgepickt hatten.

Weiß der Himmel, woher wir wussten, wann was lief. Jedenfalls sahen wir pünktlich genau die Filme, die sich hervorragend zum Nachspielen auf freiem Felde eigneten, beispielsweise: „Pippi Langstrumpf", „Tschitti Tschitti Bäng Bäng" oder „Tom Sawyer".

Marvin war immer Pippi Langstrumpf oder der Sohn des Erfinders oder Tom Sawyer selbst. Er vereinnahmte so selbstverständlich und schnell diese Hauptrollen, dass ich nicht im Traum daran gedacht hätte, auch mal Anspruch darauf zu erheben. Vielmehr begnügte ich mich mit den Stichwortgebern und wurde so zugleich Nebenakteur und Zuschauer.

Es machte Spaß, Marvin in all diesen Rollen zu erleben, er erfüllte sie mit ganz neuer Lebendigkeit, manches Mal gefiel mir die von Marvin gespielte Pippi noch viel besser als die im Fernsehen, weil sie einfach witziger war.

In unserem Spiel variierten wir diese Rollen durch Elemente unseres eigenen Lebens, durch Fantasien und Leidenschaften, die sich schon in uns ausgeprägt hatten.

Ein Motiv trat in diesen Spielen immer wieder auf: Das zu Unrecht Beschuldigtsein, das Bestraftwerden für Schuldigkeiten anderer, die Qualen, die man dafür erleiden muss, und schließlich als Variante: das märtyrerhafte Schuld-auf-sich-Nehmen, um Schwächere zu schützen.

Wir genossen unseren Edelmut, genossen in fast masochistischer Weise die Fantasiequalen und sprangen auch mal in die Perspektive von Außenstehenden, um so mit Erregung unser eigenes Heldentum erleben und genießen zu können, als bewunderten wir es bei jemand anderem.

Marvins erste Berufswünsche hatten so gar nichts mit Pilot oder Lokomotivführer-Werden zu tun. Er entschied von nun an, Schauspieler im Fernsehen werden zu wollen, und nachdem wir einen Spielfilm über den Kinderstar Judy Garland gesehen hatten, der in der Traumfabrik Hollywood berühmt wird, war Marvins Lieblingsspiel: Sich als Kinderfilmstar selbst zu inszenieren. Mal spielte er die verschiedensten Rollen, mal die seiner Berühmtheit entsprechenden Starauftritte. Und nicht selten begann er dieses Spiel mit den Worten einer Ansagerin:

„Meine Damen und Herren, Marvin Frayers wohl besten Film sehen Sie jetzt. Er spielt ganz hervorragend die Rolle eines kleinen Jungen, der auf der Suche nach neuen Eltern aus einem Waisenhaus ausbricht und auf dem Weg quer durch das ganze Land viele Abenteuer bestehen muss. Wir wünschen Ihnen gute Unterhaltung."

Damit war auch für mich das Thema zur Genüge umrissen, und wir tauchten wieder in unsere Fantasiewelt ein.

An einem Tag klopften wir bei Rosi und Peter an der Tür und waren erstaunt, als ein Junge in unserem Alter öffnete, ein Chinese oder Japaner, dachte ich gleich, jedenfalls eindeutig asiatischer Ausprägung.

„Hallo, na, wie wächst der Reis?" fragte Marvin, ohne abfälligen

Unterton; nach unserem bisherigen Wissen brachten wir asiatische Menschen nur mit Reisanbau und -essen in Verbindung.

Der Junge grinste und lächelte, dann sagte er leise, aber in akzentfreiem Deutsch: „Wollt ihr zu Mama oder zu Papa?" -

„Nein, wir wollen zu Rosi und Peter." -

„Ja, genau, sag ich doch!"

Diese Erwiderung brachte sogar meinen Bruder ein wenig aus der Fassung, zumindest für einen Moment, dann entgegnete Marvin: „Wir kennen dich gar nicht. Außerdem siehst du gar nicht so aus wie ein Kind von Rosi und Peter." -

„Ich bin ja auch bloß das Pflegekind, genau wie meine große Schwester. Wir wohnen seit vorgestern hier. Vielleicht sollen wir auch noch adoptiert werden."

Endlich wagte auch ich mal einen Satz:

„Wie heißt du? Ich bin Florian und das ist mein Bruder Marvin."

„Yan... eigentlich Yang, aber alle hier in Deutschland nennen mich Yan." -

„Hallo Jan!"

Marvin gab dem Jungen gleich die Hand.

„Ian... so wird das eher ausgesprochen, nicht mit Jott, mit Ypsilon, verstehst du?" -

„Alles klar. Aus welchem Land kommst du, Japan, China, Dänemark?" fragte Marvin und runzelte die Stirn.

Der Junge musste kurz und leise lachen.

„Ja sicherlich, Dänemark, wie man sieht, ja?"

So schnell war man befreundet...

Von nun an trafen wir uns täglich auf dem Hof von Rosi und Peter. Nicht mehr das Rollenspielen in unserer Fantasiewelt prägte unsere gemeinsame Zeit, sondern einfach nur das Beisammensein, während man -ohne sich zu vertiefen- mit Spielzeug herumhantierte, Bilder tuschte oder gemeinsamen Grund zum Lachen fand, wenn auch Yans Reaktionen auf die lustigsten Witze meines Bruders immer sehr verhalten, fast gepresst wirkten. Trotzdem versicherte er mir bei tausend sich bietenden Gelegenheiten, wie lustig und komisch er meinen Bruder doch fände.

Immer wieder huschte ein Mädchen mit sehr langen schwarzen Haaren an uns vorbei, zu schüchtern für einen Blick, geschweige denn ein Wort. Bestimmt zwanzig mal eilte sie an uns vorbei, ohne dass wir auch nur im entferntesten ihr Gesicht hätten erkennen können.

„Meine Schwester Jenny! Eigentlich heißt sie Yin, ich hab sie Yinni genannt. Ihr wisst schon, von Yin und Yang, alte chinesische Philosophie..." -

„Ach ja! Klar, Logo!"

Yan und Jenny waren Waisenkinder, Kriegswaisen aus Vietnam, sie wussten selbst nicht, über welche Umwege sie aus dem Kriegsgebiet nach Deutschland geschleust worden waren. Ehemalige Nachbarn in Vietnam hatten sich ihrer angenommen und wollten sie außerlandes bringen, wurden jedoch wegen Schmuggelei verhaftet, und die Kinder mit einem Flüchtlingskonvoi in Richtung Westen transportiert. Ursprünglich sollten sie in irgendeinem sicheren Nachbarland unterkommen, aber ein junger vietnamesischer Diplomat oder Geschäftsmann mit guten Verbindungen in die Bundesrepublik nahm sich der beiden an, angeblich mit dem Motiv, das Geschwisterpaar zu adoptieren. Doch kaum, dass sie die Bundesrepublik erreicht hatten, übergab er sie den Behörden und kehrte nach Beendigung des Vietnamkrieges zurück in die Heimat.

Das einzige, was die damals vierjährige Yin den Behörden mitteilen konnte, war ihr Name und der ihres zweijährigen Bruders.

Nach anderthalb Jahren Heimunterbringung fand sich ein recht wohlhabendes Ehepaar, das beide in Pflege nahm. Etwas über sieben Jahre lebte das Geschwisterpaar in der Familie, bis die Pflegemutter wider Erwarten ein eigenes Kind bekam.

Von da an häuften sich plötzlich Schwierigkeiten und Probleme im Umgang miteinander, und schließlich hieß es: Beide Kinder haben sich als so schwierig herausgestellt, dass sie unmöglich noch länger in der Familie bleiben können.

Die anschließende Zeit im Kinderheim war auf ein halbes Jahr begrenzt, dann nahmen Peter und Rosi das Geschwisterpaar zu sich.

Rosi und Peter ließen keine Gelegenheit aus, uns wissen zu lassen, wie bewundernswert sie unseren ungezwungenen Umgang mit dem ausländischen Jungen fanden und freuten sich an unserer Freundschaft. Und wenn sie uns darauf hinwiesen, dass ein toller Kinderfilm im Programm laufe, so winkten wir ab:

„Nee, lass mal, keine Lust!"

...nur, um weiter zusammenzusitzen, nichts Konkretes zu tun und doch ganz viel freundschaftliche Verbindung zwischen uns zu spüren.

Oftmals, wenn wir zusammensaßen, äußerte plötzlich jemand eine Idee oder begann mit irgendeinem Blödsinn, so wie jetzt Marvin:

„Kommt ihr eigentlich morgen wieder mit in unseren Witzverein?" -

„Klar. Viel lachen, da bin ich immer dabei."

Ich stieg sofort auf den Blödsinn ein, den Marvin sich gerade aus den Fingern sog:

„Wisst ihr, Frau Morschel führt den Verein und hat uns als Hausaufgabe aufgegeben, diese drei Worte als Erkennung, als Losungsworte auswendig zu lernen: Dedel, Pedel, Gustje!"

Wir drei lachten gleichermaßen, Außenstehende hätten sich noch so sehr die Hand an die Stirn klatschen können, wir fanden das witzig, besonders, wie Marvin so spontan auf den Namen Frau Morschel gekommen war.

Von nun an waren wir Mitglieder im imaginären Witzverein, dessen wichtigste Aufgabe es war, Witze zu erfinden.

Wenn Rosi oder Peter den drei geschäftig durch den Hof laufenden Kindern nachriefen:

„Wohin wollt ihr denn so eilig?"

...dann antwortete einer von uns ganz wichtig:

„Wir müssen jetzt in unseren Witzverein und Witze erfinden."

Zwei Witze sind mir noch in Erinnerung, die Marvin erfunden hat. Hier der Erste:

Tante Liselotte kommt nach langer Zeit zu Besuch und sagt mit hoher Stimme: „Hallo Kinder, ich hab euch auch was mitgebracht."

Sie schnipst ihre Handtasche auf und holt mit spitzem Daumen und Zeigefinger etwas am langen Schwanz heraus mit den Worten: „Ohhh, tot!"

Wir lagen am Boden vor lachen... oder der andere:

Ein Mann will seine Freundin in New York besuchen. Die wohnt im einemillionsten Stockwerk. Er klingelt, und seine Freundin sagt durch das Sprechgerät: „Hallo Liebling, schön, dass du da bist. Komm schnell hoch." Leider ist der Fahrstuhl kaputt, und der Mann muss die Treppe nehmen. Er läuft und läuft und läuft, und als er endlich oben ist und an der Wohnungstür klopft, öffnet die Frau und sagt: „Ach du! Jetzt is' zu spät. Jetzt bin ich schon anders verheiratet." Kinderhumor!

Einmal kam Marvin mit ganz ernstem Gesicht auf Yan und mich zu. Er mahnte uns zur Ruhe, es gab etwas Wichtiges und sehr Schlimmes mitzuteilen. Gerade das ließ uns lachen. Er räusperte sich, um wirkliche Ruhe einzufordern, und sagte dann mit gepresster Ernsthaftigkeit:

„Ich habe eine schreckliche Nachricht für euch. Das ist auch nicht zum Lachen. Frau Morschel ist gestern ins Krankenhaus gekommen mit einer Gehirnerschütterung. Ihr wisst, in der Turnhalle, wo wir uns immer treffen, da hat einer einen Witz gemacht, über den Frau Morschel so lachen musste, dass sie vor Lachen rückwärts umgekippt ist und mit ihrem Kopf voll gegen diese Stangen geknallt, an denen man immer hochrutschen muss. Ich würde vorschlagen, wir besuchen Frau Morschel heute mal im Krankenhaus. Da dürfen wir aber keine Witze mehr machen, wegen ihrem Kopf!"

Wenn wir uns bei Rosi und Peter im Haus oder auf dem Hof aufhielten, stand immer häufiger Jenny in der Zimmertür oder hinter ihrer Gardine am Fenster und fragte in dieser Art stumm und vorsichtig an, ob sie nicht mitspielen dürfe.

Wir Jungen nahmen sie als immer Haare kämmend und Bücher lesend wahr, sie konnte auch nie über unsere Witze lachen. So gingen wir nicht sonderlich auf dieses In-unserer-Nähe-

Herumstehen ein; und als sie endlich mal ein paar Worte an uns richtete:

„Darf ich vielleicht mitkommen zu eurem Witzverein?"

...da machte Yan gleich eine abwinkende Handbewegung und erklärte:

„Nein, das ist nichts für dich. Außerdem dürfen da nur Jungen hin und außerdem sagt Frau Morschel, dass wir sowieso keinen mehr aufnehmen und außerdem findest du das ja sowieso nicht witzig, was wir da machen. Pass mal auf, folgender Test: Dedel, Pedel, Gustje..."

Bei Jenny regte sich nicht der Anflug eines Lächelns.

„Siehste, schon durchgefallen, wenn du wenigstens gegrinst hättest." -

„Du bist gemein!" sagte sie ruhig, irgendwie abgeklärt und nicht in der allbekannt schrillen, beleidigten Art.

Ich blickte ihr nach und begriff noch nicht, dass Jenny für mich das hübscheste Mädchen der ganzen Welt war. Auch wenn in befremdender Weise irgendetwas in mir schmerzte, immer wenn ich sie anblickte, beharrte ich noch auf dem Standpunkt, Mädchen seien einfach doof und mir deswegen egal.

Erst als wir beim Herumstreichen in der Gegend zufällig auf Jenny trafen, die hinter einem großen Baum stand und eine Zigarette rauchte, von der sie uns probieren ließ, veränderte sich etwas an unserem Kontakt.

Jenny raucht! Das war so verrucht wie auch schon erwachsen, es war etwas, das wir in unserer kindlichen Bewertung als typisch männlich einstuften, was den besonderen Reiz noch verstärkte. Jenny war also nicht nur das haarekämmende und immerlesende brave Mädchen, sie hatte ein Geheimnis, sie rauchte...

Ich war zwar so weit, sie jetzt nicht mehr als doofes Mädchen zu sehen, aber noch nicht weit genug, ihre Weiblichkeit bewusst zu erkennen, die mich schon durcheinander zu bringen begann, ohne dass ich es recht merkte. So behandelte ich Jenny schlicht wie einen weiteren Freund neben Marvin und Yan, ein langhaariges Mädchen, was in seinem Innern ein richtiger Junge war. Ich hatte plötzlich die gleiche Lust, sie zum Freund zu haben, wie zuvor bei Yan.

„Hier, Marvin, zieh noch mal." sagte sie leise und mit einem lieben Lächeln, und der Kontrast zwischen dieser braven Form und der verbotenen Sache ließ sie für mich noch verruchter erscheinen. Jenny wog im Laufe unseres weiteren Zusammenseins zwei, drei Widersprüche in Bezug auf unseren Witzverein gegeneinander ab und kam stillschweigend dahinter, dass dieser Verein nur ein Fantasieprodukt sein konnte. Wie selbstverständlich redete sie plötzlich mit, wenn es um den Witzverein ging, als wäre sie von Anfang an schon dabei gewesen.

An einem Tag kam Peter zu uns und teilte uns mit, dass Micha nicht mehr im Dorf lebe.

Micha sei von jenen Bauern, bei denen er ein Zimmer bewohnt hatte, vom Hof gewiesen worden, weil er schlimme Dinge getan haben solle... gestohlen, ohne Grund Ferkel getötet und angeblich auch noch anderes. Er solle nur das Nötigste zusammengepackt und mit seinem alten Mofa fortgefahren sein.

In uns machte sich Beklemmung breit. Wir kannten Micha gut, hatten früher hin und wieder mal mit ihm gespielt, auch wenn er viel älter war als wir. Er hatte bei unseren Eltern das Dach repariert und einmal auch den VW-Bus. Micha war immer nett zu uns. Er würde nie ein kleines Ferkel ohne Grund töten. Das konnten wir uns einfach nicht vorstellen.

In mir lebte kurz eine Erinnerung an Carl auf, an jene Gefühle, als wir erfuhren, dass er ein Einbrecher gewesen war. Und jetzt sollte der liebe Micha ein Dieb und Tiermörder sein...

Aufgeregt erzählten wir beim Abendbrot unseren Eltern davon. Die reagierten sehr ruhig, sie mussten es also schon gewusst haben.

Anna sagte:

„Dieser arme Kerl. Was auch immer an all dem wahr ist. Er wird sicherlich kein schlechter Mensch sein. Vielleicht musste er so handeln." -

„Micha schlägt sich schon durch. Micha kommt mit allem zurecht." erwiderte Hans, um sich dann uns Kindern zu widmen: „Wisst ihr, manchmal tun Menschen Böses und wollen dabei im Grunde nur etwas Gutes tun. Manchmal sind solche Menschen auch ein bisschen krank im Kopf. Verurteilt den armen Micha nicht für euch. Er ist bestimmt kein schlechter Mensch."

In manch stillen Momenten dachte ich an Micha, was er wohl gerade tat, wo er jetzt wohnte... manchmal schloss ich ihn in mein kurzes Gebet ein:

„...und, Liebergott, mach', dass Micha wieder ein guter Mensch wird und zurückkommen darf in unser Dorf."

Dann vergingen Tage und Wochen, wo ich kaum noch an Micha dachte, als plötzlich in der Dämmerung -wir waren von Yan und Jenny auf dem Rückweg nach Hause- ein knatterndes Geräusch hinter uns ertönte, und Micha uns auf seinem alten Mofa in großem Bogen umfuhr und direkt vor uns anhielt.

„Hallo Jungs!" -

„Hallo Micha, biste wieder zurück." -

„Wie ihr seht! Wie geht's euch denn?" -

„Klar gut, danke! Und dir? Wir haben gehört, du hast Ferkeln die Kehle durchgeschnitten." -

„Das erzählt man sich also, ja?" -

„Ja. Das wurde uns so erzählt." -

„Und... glaubt ihr das?" -

„Irgendwie nicht!"

Micha grinste breit... er war trotzdem nicht mehr der alte Micha, irgendwie schien er uns viel größer und lauter in seiner Stimme als früher.

„Ich wusste, dass ihr noch meine Freunde seid, Jungs. Passt auf, dafür drehe ich jetzt eine Extrarunde mit euch auf meinem Moped und bringe euch dann nach Hause. Ist das was?" -

„Klasse Micha, au ja!"

Marvin hockte sich zwischen Michas Beine und hielt sich am Mittelteil des Lenkers fest; ich setzte mich auf den Gepäckträger und suchte am wackeligen Sattel Halt.

Micha startete und fuhr ruckartig an, bis er mit voller Geschwindigkeit auf der kleinen Landstraße, die aus dem Dorf herausführte, in weiten Schlangenlinien dahinfuhr.

Marvin sagte nach einigen Minuten stummer Fahrt:

„Micha, bring uns bitte zurück. Wir müssen jetzt zum Abendbrot nach Hause."

...doch Micha reagierte nicht. Ich zupfte ihn von hinten an der Jacke und wiederholte:

„Das stimmt, Micha. Wir müssen zurück, sonst gibt's vielleicht Ärger. Wir essen jetzt."

Als Micha darauf immer noch nicht reagierte, wurde mir plötzlich mulmig.

„Na ja, Micha, wenn du jetzt nicht wieder zurück ins Dorf willst, dann verrate uns wenigstens, wohin es geht?" sagte Marvin so gleichmütig und heiter, als würde er nicht mal im Ansatz meine Besorgnis teilen.

„Ich fahre zu mir, dahin, wo ich jetzt wohne."

Seine Stimme klang kalt und fremd, ich bekam nun konkret Angst vor ihm, hatte das sichere Gefühl, dass er etwas Schlimmes mit uns vor hatte. Kurz dachte ich daran, einfach vom Gepäckträger abzuspringen, doch dann würde ich ja meinen Bruder im Stich lassen.

Wir waren sehr lange unterwegs, bis Micha schließlich in einen kleinen Feldweg einbog und vor einer alten, verlassenen Scheune hielt, die einsam mitten auf einem Feld stand. Mir fiel sofort auf, dass an den alten, rostigen Beschlägen des Scheunentors ein neues, glänzendes Vorhängeschloss angebracht war.

„Hier wohne ich." sagte er mit der altvertrauten, gutmütig klingenden Stimme, so als wäre die Angstmacherei auf der Fahrt nur Spaß gewesen.

„Wunderschöne Villa, haste sicherlich geerbt, oder?" reagierte Marvin und grinste schelmisch.

Micha bockte das Mofa auf und kramte den Schlüssel aus seiner Hosentasche. Als er aufgeschlossen hatte und meinen Bruder mit einer einladenden Geste bat, doch einzutreten, erstarrte Marvin plötzlich und schlug beide Hände vor den Mund.

Dann packte Micha mich und schob mich hinter Marvin mit der ganzen Gewalt seines Körpers in das Innere, und so konnte auch ich erkennen, was Marvin erschreckt hatte: Im Dämmerlicht einer Petroleumlampe lag unser Freund Yan, an Händen und Füßen gefesselt und mit einem Halstuch geknebelt.

Wir beide fuhren herum und blickten Micha entsetzt und fragend an.

„Was das soll, fragt ihr euch sicherlich, ihr Kröten! Ich habe euch drei geklaut. Ja, auch Menschen kann man klauen. Jetzt gehört ihr mir, und ihr müsst ewig bei mir bleiben. Ihr seid jetzt mein Eigentum, und ihr müsst immer das tun, was ich von euch verlange."

Ich sah, wie Marvin an unserem Entführer vorbeispähte, um einen eventuellen Fluchtweg auszumachen. Doch das Scheunentor war schon wieder verschlossen...

„Habt ihr wohl gar nicht mitgekriegt. Ich hab zwei Schlösser gekauft, eines für draußen und eins für hier drinnen. Und es ist schon abgeschlossen. Ihr kommt hier nicht raus. Durch die kleinen Luftlöcher, diese Kuhfenster, da passt ihr niemals." -

„Willst du uns umbringen? Wir sind ja gewissermaßen auch Ferkel, Menschenferkel, nicht?" reagierte Marvin mit einer gewissen Trotzigkeit, aus der weder Angst noch Respekt sprach, eine fast gleichgültige Frage...

Micha holte ein Taschenmesser, klappte es langsam und bedeutungsvoll auf und warf es mir zu:

„Los, mach schon, schneide das kleine Schlitzauge los!"

Ich durchtrennte die Fesseln und zog unserem Freund das Tuch aus dem Mund. Kaum dass Yan wieder sprechen konnte, brüllte er den Entführer an:

„Du perverse Sau! Lass uns raus hier oder mein Freund Florian schlitzt dich auf. Hast du gehört, du Perverser!"

Ich war so angespannt wie noch nie zuvor in meinem Leben. Todesangst mischte sich mit der Verantwortung, dass ich, mit dem Taschenmesser bewaffnet, nun unseren Fluchtweg freikämpfen sollte.

Yan sprang auf und stellte sich neben mich. Wir visierten Micha an. Der lächelte nur überheblich, er nahm uns als Bedrohung in keiner Weise ernst, und dass er nicht mit einem Satz auf mich zusprang und mir das Messer aus der Umklammerung riss, hatte seinen Grund wohl darin, dass er sich noch ein wenig über uns Kinder amüsieren wollte.

Er grinste, sein Grinsen wurde breiter, und er künstelte schließlich ein Lachen, das unsere Lächerlichkeit deutlich machen sollte.

Ich fühlte mich in dieser Situation völlig überfordert. Halb streckte ich Yan das Messer zu, halb nahm er es mir aus der Hand und richtete es entschlossen auf Micha, der nur gutmütig mit dem Kopf nickte.

„Verletz dich nicht an dem Zahnstocher da...“

Micha reichte uns langsam eine offene Hand entgegen.

„Komm gib her.“ sagte er in ruhigem, väterlichen Ton.

„Micha, warum tust du das, warum bist du so ein böser Mensch geworden?“ fragte ich; ich hatte Angst vor ihm, aber ich hatte auch Angst, dass der vor Wut rasende Yan wirklich zustechen würde. Ich wollte mit meinen Worten Zeit gewinnen...

„Warum, weil ich ein Perverser bin, weil ich Kinder gern habe und selber welche haben will, weil alle Menschen mich böse gemacht haben. Weil mich noch nie ein scheiß Weibsbild angeguckt hat. Weil ich schon so viel Schlimmes getan habe, dass es jetzt auf drei Kinder mehr auch nicht mehr ankommt, hast du verstanden. Vielleicht bringe ich euch einfach um, so wie die kleinen Quieke-Ferkel, denen ich den Kopf abgeschnitten hab... was sagst du nun?“ -

„Fass keinen von uns an, sonst steche ich dich ab.“

Yan tänzelte unruhig auf Micha zu, mit nach vorn gestrecktem Messer, angespannt wie ein Pfeil in der Armbrust.

„Jetzt ist aber gut!“

Michas zur Schau gestellte amüsierte Gleichgültigkeit wich langsam aufkommendem Zorn.

„Los du Schlitzauge, gib mein Messer her!“

Yan stach mehrfach in die Luft, zog den Arm immer kurz vor Michas greifender Hand zurück und begann dann plötzlich zu weinen.

„Na bitte, kleiner Schwächling, plärrst nach Mama, was..."

In dem Moment ertönte ein lautes, knallendes Geräusch und ein dumpfer Schrei, Micha sackte seitlich einknickend zu Boden, Marvin hatte mit vollem Schwung ausgeholt und ihn mit der flachen Seite einer Schaufel am Kopf getroffen.

Micha lag da, mit einer Platzwunde seitlich am Kopf, aus der Blut tropfte, bewegungslos, die Augen halb geschlossen, er schnaufte oder schnarchte laut, aber er bewegte sich nicht mehr.

Marvin hob die Schaufel zum zweiten Mal und blieb in dieser Position vor dem reglos Daliegenden stehen.

„Los, Flori, renn und hol Hilfe, Polizei oder irgendwelche starken Männer. Beeil dich, sonst wacht er wieder auf."

Ironischerweise war es vor einigen Monaten Micha gewesen, der uns Brüdern das Mofafahren beigebracht hatte, und da der Zündschlüssel noch steckte, beeilte ich mich, auf dem Mofa zum nächsten Hof zu kommen, wo ich telefonieren und die Hilfe eines Bauern und zwei seiner Söhne finden konnte, die nach meinem Anruf bei der Polizei mit mir zur abgelegenen Scheune fuhren.

Schon von weitem schrie ich meinen Freunden zu:

„Wir sind da, haltet aus. Ich habe drei Bauern mitgebracht. Wir kommen jetzt..."

Marvin und Yan hatten Micha mit den durchtrennten Stricken gefesselt, so gut wie es damit noch möglich war. Yan, immer noch rasend vor Wut, richtete unablässig das Taschenmesser auf ihn.

Marvin hatte die Schaufel zwar noch in der Hand, aber nicht mehr zum Schlag erhoben.

„Mensch, den kenn ich," sagte der alte Bauer gleich, dass ist doch der Verrückte, der die lütten Schweine niedergemetzelt hat. Dieser Drecshund, verdammter..."

Später, nach einer Minute oder einer Stunde... kamen endlich zwei Polizeiwagen. Und erst, als die uniformierten Beamten die Scheune betraten, öffnete Micha seine Augen etwas und murmelte:

„Ich hasse alle Menschen..."

und mit einer angestrengten kurzen Kopfbewegung zu Marvin

blickend:

„Das war 'n guter Schlag, mein Freund, hätte ich dir gar nicht zugetraut."

Zwei Polizisten halfen Micha beim Aufstehen und führten ihn zum Wagen; ein Dritter nahm von uns das Protokoll auf und sagte, nachdem er die letzten Worte notiert hatte:

„Ihr habt eigentlich nichts falsch gemacht. Trotzdem muss ich euch sagen, dass ihr diesen Mann auch hättet umbringen können mit solch einem Schlag. Erholt euch jetzt erst mal von dem Schrecken. Ich fahr' euch gleich nach Haus. Und auch wenn ihr in Zukunft vorsichtig sein müsst und nie mit fremden Leuten mitgehen dürft, so sagt euch immer wieder, dass es in der Welt nur ganz wenige solch böser Menschen gibt. Die meisten sind nett und ihr könnt ihnen vertrauen..." -

„Nett war Micha auch mal. Dem haben wir auch mal vertraut. Was soll's, es hätte alles schlimmer ausgehen können, zum Beispiel, wenn meine neue Armbanduhr dabei verkratzt wäre." murmelte Marvin, bevor er in das Polizeiauto stieg.

Unsere Eltern waren bei Marvins Schilderung und den weiteren Erklärungen des Polizisten aufgebracht und entsetzt.

Zuerst wollten sie uns nicht gehen lassen, als wir darum baten, gemeinsam mit Yan im Polizeiwagen zu Rosi und Peter mitfahren zu dürfen. Das Mit-knapper-Not-entronnen-sein saß tief in den Knochen unserer Eltern, und im ersten Moment sagte ihr Gefühl übereinstimmend: Das ist jetzt draußen zu gefährlich. Es kostete sie sichtliche Mühe, ihre Vorbehalte aufzugeben, um uns zu vermitteln, dass unsere kleine Welt nun wieder einigermaßen heil und wohl behütet sei. Darum durften wir dann doch Yan begleiten und uns vor Rosi und Peter alles nun nochmals von der Seele reden.

Peter murmelte nach jedem Stocken in unserer Erzählung:

„Ich zeig das Schwein an. Der muss sitzen, bis er schwarz wird, diese perverse Sau!"

Und nachdem wir unsere Erzählung abgeschlossen hatten, erhob sich Jenny von ihrem Stuhl, schloss still ihren Bruder in die Arme und murmelte:

„Ich bin so froh, dass euch nichts passiert ist."

Sie schloss auch mich in die Arme, zart, vorsichtig und doch so, dass ich ihren Körper kurz an meinem spürte, ihr Haar duftete, ihr Atem strich an meinem Ohr entlang.

Dann nahm sie Marvin in den Arm und hielt ihn, drückte ihn, legte ihr Gesicht an seines und flüsterte ihm zu:

„Ich bin ja so froh, dass nichts passiert ist."

Irgendetwas geschah mit mir in diesem Moment. Ich wurde unruhig, mein großes Gefühl von Stolz und Erleichterung war plötzlich verdrängt von einer fremden, irgendwie schmerzenden Empfindung. Und ohne dass ich mir selbst einen Grund dafür hätte nennen können, wurde ich das erste Mal richtig wütend auf meinen Bruder... es war ein Gefühl von Verratensein, von Im-Stich-gelassen-werden, ein Gefühl von Ohnmacht und Ausgeschlossensein. Ich wollte nur noch zurück, verabschiedete mich kurz von allen und herrschte meinen Bruder angespannt an:

„Los, Marvin, jetzt aber, ich hab Hunger, wir haben schon lange nichts mehr gegessen. Ich will los..."

Abends im Bett konnte ich nicht einschlafen, ich vergegenwärtigte mir all die Geschehnisse des Tages noch einmal. Besonders brennend und deutlich stand vor meinem geistigen Auge plötzlich Jennys kurze Umarmung und das Gefühl von Neid, dass mal wieder nur Marvin der eigentliche Held gewesen war, den alle bewunderten, genau wie damals in Südfrankreich...

Und nach diesem ereignisreichen Tag war es tatsächlich so, dass Marvin und ich nie mehr in unsere Fantasiewelt zu Pippi Langstrumpf oder Tom Sawyer oder zu sonst irgendwem zurückkehrten.

Wenn Marvin und ich uns ein eigenes Segelflugzeug gebaut hätten, wäre Marvin derjenige gewesen, der sagen würde: „Los, steig ein, wir fliegen hier den Berg runter."

Ich hätte geantwortet: „Nein, lass mal lieber, wer weiß, ob wir damit nicht abstürzen."

Marvin würde daraufhin allein losfliegen und hätte damit für sich einen der ältesten Menschheitsträume erfüllt. Mir bliebe dann nichts anderes, als mir Marvins Erlebnis weiterhin und ausschließlich in der Fantasie auszumalen.

Dieses Beispiel beschreibt den vielleicht grundlegendsten Unterschied zwischen uns. Ich scheute die großen Risiken und erlebte weder gewaltige Abstürze, noch besondere Hochgefühle. Mein Leben war ruhig, sicher und überschaubar.

Selbst wenn ich die Risikobereitschaft meines Bruders aufgebracht hätte um all der Hochgefühle willen, mich hätten die Abstürze sicherlich am Boden zerschmettert. Ich bin verwundbar, und weil ich das weiß, glaube ich, lasse ich auch eine ganz andere Vorsicht walten.

Und ich gebe es offen zu: ich neidete Marvin diese Möglichkeiten, auch größere Risiken einzugehen.

Das Immer-auf-Nummer-sicher-gehen schien für mich die einzig denkbare Lebensform, einfach und überschaubar... und doch wusste ich schon früh -und bekam es von Marvin auch vorgelebt- dass mir die vielleicht wesentlichsten Erlebnisse im Leben damit verborgen bleiben würden.

Dann aber, ganz ohne den Einsatz eines waghalsigen Risikos, erlebte ich ein Hochgefühl, etwas, das nicht nur in mir plätscherte, sondern von dermaßener Wucht war, dass mir regelrecht das Herz schmerzte und meine Körperfunktionen verrückt zu spielen begannen. Ich war zum ersten Mal in meinem Leben richtig verliebt.

Jenny war still, war eine Lilie, alles an ihr, ihr Gesicht, ihre gesamte körperliche Erscheinung, ihre zaghaften, gleitenden Bewegungen erschienen mir schmal, schlank, grazil und zerbrechlich. Scheu wirkte ihr Auftreten, doch ihre langen Blicke in

Scheu wirkte ihr Auftreten, doch ihre langen Blicke in meine Augen durchbrachen ihre Schüchternheit.

Alles an ihr war sanft, ihre Stimme, ihre Gedanken, ihre Berührungen. Und dann diese gewisse Form von Verruchtheit, die so gar nicht zu ihr zu passen schien, das heimliche Rauchen, schmutzige Worte, die bei ihr sanft klangen, so als hafte für sie keinerlei Schmutz an ihnen. Ich glaube im Nachhinein, dieser frappierende Gegensatz machte für mich ihre besondere erotische Ausstrahlung aus, die mich innerlich aufpeitschte und kirre werden ließ.

Jeder Moment mit ihr war wie gemeinsam fliegen können; all das Warten auf sie, wenn ich sie nicht sehen konnte, ein Laufen durch Feuer.

Für mich gab es keinen Bruder und keine Eltern mehr, nur noch Jenny und das Zusammensein mit ihr. Alle anderen Menschen in meiner Umgebung dienten mir lediglich dazu, die schmerzliche Zeit bis zu unserem nächsten Wiedersehen zu überbrücken.

Wenn mein übergroßes Herz ein zweites, aber ganz kleines Gefühl mal kurz aufatmen ließ, so war auch eine Angst, eine Verwunderung in mir, dass mir Marvin und meine Eltern plötzlich so gleichgültig geworden waren.

Ich konnte immer noch unbeschwert über die Witze meines Bruders lachen, ich genoss immer noch die Zärtlichkeiten, die meine Eltern mir entgegenbrachten. Außerdem wich ich auch weiterhin meinem Bruder kaum von der Seite. Nur war mir diese übrige Welt in eine gewisse Ferne gerückt, so, als sähe ich alle und alles durch meterdickes Glas.

Jenny gab mir in keiner Weise das Gefühl, sie empfände auch nur annähernd das Gleiche für mich. Bestenfalls kann ich sagen, dass sie in ihrem Verhalten keine Unterschiede zwischen mir und Marvin machte. Beide nannte sie ihre Freunde, beide wurden mit der gleichen Vertrautheit behandelt, beiden konnte sie alle Zärtlichkeit auf Erden in einem einzigen Lächeln schenken.

Und wenn sie doch einen Unterschied machte, dann war das ihr leises, sanftes, weiches Lachen. Das galt nur Marvins Witzen und Faxereien. Es wurde nie lauter und ausfallender, blieb in Ausdruck und Laut immer gleich, lediglich sanft perlende Lachtränen verrieten die Steigerung.

Wenige Momente fand ich, wo ich mit Yan und Jenny allein war, und noch wenigere, die ich mit Jenny ganz allein verbringen durfte... das waren jene Momente, wo mir bewusst oder unbewusst die Last des Konkurrenzdrucks genommen war, doch sie verstrichen gewissermaßen ungenutzt. Und das, obwohl es mich drängte, Jenny still in die Arme zu schließen, und ich tausend Mal daran dachte, sie sanft auf den Mund zu küssen... doch mir versagte jedes Mal der Mut.

Vielleicht sollte ich das Voranstehende ein wenig einschränken, wenn ich an jenes Erlebnis zurückdenke, das Jenny und mich an einem Spätsommerabend vereinte, wenn auch nur in ganz zarter Weise:

Natürlich war es der schönste Spätsommerabend des Jahres, eine Luft wie Samt, ein Sonnenuntergang wie ein Gemälde und neben mir das schönste Mädchen der Welt. Ich weiß nicht mehr, was wir vorher unternommen hatten; Marvin jedenfalls konnte nicht dabei sein, weil er unseren Eltern bei Renovierungsarbeiten seine Hilfe versprochen hatte, und Yan übte für die Schule.

Zwischen Jenny und mir war eine eigentümliche Stimmung; es war, als würde sie mich unentwegt mit ihren Blicken streicheln, ihre sanfte Stimme, wenn sie kurz etwas sagte, war noch leiser als sonst. Wir waren überhaupt nicht mehr gesprächig, unser zeitweises Schweigen wurde aber in keiner Weise unangenehm; es waren ja unsere Blicke, die sprachen... auch wenn sie noch nicht jene Bedeutung bekamen, die ich mir so sehr wünschte.

Es war schlichtweg vollendete Vertrautheit zwischen uns. Und wieder begannen Gegensätze in meiner Brust miteinander zu ringen: Meine süße, getragene Entspanntheit auf der einen Seite und die aufregendste Spannung zwischen uns andererseits.

Man stelle sich diesen Jüngling vor, der neben der ranken Mädchenschönheit im kniehohen Gras lag, wahrscheinlich auch noch auf einem Grashalm herumkaute und sich doch am liebsten wie ein wildgewordenes Tier auf sie gestürzt hätte.

Jenny blickte in den Himmel, ein zartes, kleines Lächeln spielte auf ihren Lippen. Einmal atmete sie ganz tief.

Ich hob meinen Kopf und blickte vorsichtig zur Seite. Dann geschah das Unfassbare, meine Hand tastete sich vorsichtig zu ihrer und legte sich voller Scheu auf sie. Ein kaum merkliches Zucken durchfuhr ihre Hand, dann begannen ihre Finger vorsichtig meine zu umspielen. Diese Berührungen dauerten länger als alle vorherigen.

Leider reichte mein Mut nicht aus, kurz darauf über meine Gefühle zu reden. Ich wollte unbedingt weitere Gewissheit, wollte -als wir uns in verträumt-schlenderndem Gang auf dem Nachhauseweg befanden- ihr endlich meine Liebe gestehen und mit rasendem Herzen auch ihr Liebesgeständnis aufnehmen. Doch ich trottete nur schweigend neben ihr her und wagte nicht einmal aufzublicken.

In der Nacht stand mein Herz lichterloh in Flammen. Ich hätte vor Anspannung am liebsten laut losgeheult.

„Ich war vorhin früher fertig mit dem Wändestreichen, als ich dachte. Da hab ich euch gesucht. Wo wart ihr denn?" fragte Marvin in die Dunkelheit meines Zimmers hinein.

„Ach, auf der alten Pferdeweide, weißt du... und Yan war leider auch nicht da, der musste was für die Schule machen." -

„Bist du eigentlich voll verliebt in Jenny?" -

„Wie kommst du denn da drauf? In Jenny? Sie ist echt ein ganz toller Kumpel und Freund. Irgendwie gar nicht wie ein Mädchen, die macht ja jeden Scheiß mit und raucht und so." -

„Du bist voll verliebt in sie. Gib's zu!" -

„Verliebt? So richtig verliebt ist man sowieso nur, wenn man groß ist und heiraten kann. Aber ich muss sagen, dass ich sie total hübsch und gut aussehend finde. Sie ist echt voll mein Geschmack." -

„Du bist in sie verliebt!" -

Einige Tage später strichen Yan und ich durch die Gegend, wir entfernten uns etliche Kilometer von Zuhause. Ich weiß gar nicht mehr genau, was wir gerade unternahmen, es war sicherlich von der Qualität wie Eichhörnchen fangen, um mit ihnen eine eigene Eichhörnchenzucht aufzumachen.

An diesem Tag war es jedenfalls so, dass Yan plötzlich aus einer Neckerei heraus vor mir wegrannte und sich hinter dicken Bäumen oder Häuserecken versteckte, bis ich ihn fand und im plötzlichen Kriegenspielen antickte.

Yan war in Foppstimmung und nutzte jede Gelegenheit, sich über mich lustig zu machen, was wir schon damals als „verarschen" bezeichneten. Es gehörte jedenfalls zu meiner Rolle, Empörtsein zu spielen und hinter ihm herzujagen.

Nach einer erneuten Attacke ergriff mein kleiner Freund wieder die Flucht. Ich rannte ihm einige Meter hinterher, bis ich solch heftige Seitenstiche bekam, dass ich kaum zu atmen wagte. Ich verlangsamte abrupt mein Tempo und ließ Yan entkommen.

Als ich aufblickte, sah ich mich etwa fünfzig Meter vor jener alten Scheune stehen, in der uns der durchgeknallte Micha damals fest gehalten hatte.

Ich war sicher, dass Yan sich dort versteckt hatte, nirgendwo anders in der ganzen Gegend bot sich solch ein Versteck.

Leise schlich ich mich an die Scheunentür heran, ich wollte ihn endlich packen, zu Boden schleudern und ihm „Bienchen" auf den Oberarm geben, um ihm damit all die kleinen Gemeinheiten zurückzuzahlen, die er sich den ganzen Nachmittag über schon erlaubt hatte - das alles natürlich nur im Spaß; Rachedurst und Frotzeleien waren auf beiden Seiten geschauspielert.

Die Scheunentür stand einen Spalt weit offen. Ich wagte nicht, sie weiter aufzudrücken; sicherlich würde sie quietschen und damit hätte ich mich verraten. Lautlos setzte ich Schritt vor Schritt in die halbdunkle Scheune und suchte mit meinem Blick alle Ecken nach Yan ab; direkt hinter der aufgestellten Tür sah ich jedoch etwas, das mir so wenig möglich und wahrscheinlich vorkam, dass ich glaubte zu träumen. Wie angewurzelt blieb ich stehen, starrte mit aufgerissenen Augen und fühlte plötzlich mein Herz mit Hammerschlägen gegen die Brust donnern.

Etwa zwei, vielleicht drei Meter von mir entfernt sah ich Marvin und Jenny, voreinander kniend, beide mit nacktem Oberkörper. Sie hatten sich gerade geküsst. Beide sahen mich an und Jenny drückte sich mit ihrem Oberkörper gegen Marvin, um ihre Brüste, diese zarten Wölbungen mit den feinen, aber deutlich ausgeprägten Brustwarzen, vor meinem Blick zu verbergen.

Es dauerte eine ganze Weile, bis ich den Stich in mein Herz fühlte, wie von einer vergifteten Pfeilspitze. Mir wurde der Boden unter den Füßen weggezogen, ein lautloses Erdbeben erfasste die ganze Welt.

Innerlich schrie ich vor Wut, Enttäuschung und Verzweiflung so laut auf, dass mein Kopf zu zerplatzen drohte. Ich konnte meinen Tränenstrom nicht mehr zurückhalten. So wandte ich mich ab, stürzte aus der Scheune heraus und rannte... rannte, ohne zu sehen wohin... und prallte mit einem völlig verwirrten Yan zusammen, der irgendetwas sagte wie:

„...da bist du ja endlich...“

Ich konnte ihn nach kurzer Zeit auch abhängen, er, der mir aufgeregt ein Stück folgte.

All meine Anspannung und dieses Gewirr an Gefühlen entlud sich in bitterlichstem Weinen. Und wieder überlagerten sich zwei scheinbar nicht zusammengehörige Empfindungen und bildeten ein kaum zu beschreibendes Gemisch. Über meine Wut und Enttäuschung, wegen der aussichtslosen Liebe zu Jenny breitete sich eine in dieser Heftigkeit bisher noch nicht gekannte sexuelle Erregung, die immer wieder neu gespeist wurde durch dieses eine Bild: Ich habe Jenny eben mit nackten Brüsten gesehen!

Klein und innerlich zerrissen kam ich zu Hause an und rannte gleich hoch in unser Zimmer. Zum Glück waren unsere Eltern nicht da. Ich wollte in Ruhe gelassen werden, nur noch einschlafen und nicht mehr mitkriegen, wenn Marvin, dieser Verräter, zurückkommen würde.

Ich spielte mit dem Gedanken, ihm, wenn er gleich ins Zimmer käme, die Tür mit aller Wucht vor das Gesicht zu knallen. Ich schwor mir, nie wieder auch nur ein Wort mit ihm zu reden. Er war nicht mehr mein Bruder, sondern nur noch ein Bastard, der zufällig mit meinen Eltern und mir unter einem Dach lebte.

Und als Marvin dann tatsächlich in unser Zimmer schlich und ich mich schlafend stellte, kam alles doch ganz anders:

„Hey Flori, schläfst du schon..."

Ich überlegte, welche Entschuldigung, welche Rechtfertigung er nun bringen würde... und reagierte nicht.

„Du, Jenny hat ja Brüste - ich wusste gar nicht, dass sie ein Mädchen ist."

Angespannte Stille für einen langen Moment, dann musste ich plötzlich und unerwartet loslachen. Ich konnte mich nicht dagegen wehren, obwohl mir wirklich nicht nach Lachen zu Mute war.

Ich kann es nicht erklären, aber dieses Lachen hatte etwas von einem Aufatmen, es erleichterte mich über alle Maßen; mit immenser Wucht wurde alles auf mir Lastende fortgesprengt.

Ich spürte auf den Schlag kein Verliebtsein mehr; ebenso plötzlich war die alte Vertrautheit mit Marvin wieder hergestellt. Dieses eine, im wahrsten Sinne von Herzen kommende Lachen vermochte mich vollends zu befreien. Auch wenn ich Tage später mit gemischten Gefühlen überlegte, ob meine Liebe zu Jenny wirklich so aufrichtig und heftig gewesen sein konnte, wenn ein Furz nur, ein Witzchen sie einfach wegwischen konnte.

Vielleicht hat aber gerade dieser Umstand dazu geführt, dass ich Jenny schon am nächsten Tag wieder als Freund, als Kumpel gegenübertreten konnte, und wir miteinander umgingen wie früher.

Die Geschichte mit Jenny nahm nur wenige Wochen nach diesen Ereignissen eine dramatische Wendung. Von einem Tag auf den anderen wohnte sie nicht mehr bei Rosi und Peter. Offiziell hieß es, sie gehe nun auf ein Internat, mehrere Hundert Kilometer von uns entfernt, um dort dann später zur Köchin ausgebildet zu werden.

Yan verriet uns hingegen, was wirklich hinter der plötzlichen Internatsunterbringung stand. Angeblich sollte Jenny einen Jungen kennen gelernt haben, und gleich beim ersten Mal, wo sie miteinander geschlafen hatten, schwanger geworden sein. Rosi und Peter fuhren mit ihr in die Niederlande und ließen das Baby dort abtreiben. Und da Jenny nur ein oder zwei Wochen später wieder mit ihrem Freund im Bett erwischt worden war, hielten Rosi und Peter es für das Beste, sie weit von hier fortzubringen.

Von dem Moment an, wo ich sie nicht mehr in unserer Nähe wusste, keimte erneut ein kleines, zärtliches Gefühl in mir auf; ich liebte sie also immer noch, jetzt aber auf eine sehr stille Art, die mich nicht mehr aufwühlte, die mich dafür aber über weite Jahre meiner Jugend nicht mehr allein ließ.

Ich lege es einfach mal fest: Marvin mit seinen vierzehn, ich mit meinen fünfzehn Jahren waren keine typischen verpickelten Pubertätsknäblein mit all ihrem Weltschmerzfrust und ihren Hormonschlachten. Bei uns beiden standen keine Generationskonflikte an, wir kriselten nicht durch unsere körperliche Entwicklung und fühlten uns manchmal sogar von anderen verstanden...

Man könnte eine klare Trennungslinie ziehen: bis hierhin verlief unsere Kindheit, alles direkt danach war Erwachsensein. Jugend wurde bei uns ausgespart, zumindest nicht als sonderlich eigenständige Ära erlebt.

Wir fühlten uns der hiesigen Dorfjugend in keiner Weise zugehörig, diese prolligen, mofafahrenden Sechzehn- und Siebzehnjährigen, mit ihren langen, fettigen Haaren und nietenbesetzen Jeanswesten in ihrer knochigen Pöbelmentalität. Wenn das typisch Jugend war, dann waren wir definitiv niemals jugendlich!

Marvin besuchte in der Realschule die Klasse unter mir, hatte aber an drei Tagen länger Unterricht als ich. Frühmorgens nahmen wir zusammen den Schulbus; und wenn ich am Nachmittag meinen Bruder von der Haltestelle abholen wollte -zumindest an jenen drei Tagen- stieg Marvin nur in den seltensten Fällen allein aus; gewöhnlich begleiteten ihn ein oder sogar zwei Mädchen aus seiner Schulklasse, die selbstverständlich dann auch Mittagsgäste bei uns waren.

Ich vermutete Knutschereien, wenn ich mich der spannenden Gesellschaft anschließen wollte und an Marvins Zimmertür klopfte, die plötzlich abgeschlossen war.

„Komm später wieder... jetzt nicht!" rief mein Bruder, umrankt von leisem Gekichere.

Was mich verwunderte, irritierte... genau genommen sogar störte, war, dass es sich nicht immer um dasselbe Mädchen handelte. Nach drei oder vier Wochen war eine andere an seiner Seite, manchmal schloss er sich sogar mit zwei Mädchen gleichzeitig ein.

An einem Abend, Marvin war beinahe eingeschlafen, fragte ich:

„Sag mal, hast du eigentlich schon mal daran gedacht, mit einem Mädchen zu schlafen?"

Es hatte mich einige Überwindung gekostet, dieses Thema so direkt anzusprechen... sogar Marvin gegenüber.

„Was heißt daran gedacht. Ich hab' schon mit mehreren geschlafen." -

„Was? Du spinnst ja, erzähl' kein' Scheiß!" -

„Ich erzähl' keinen Scheiß, mit Nicola und Svenja und auch noch mit der mit den langen, dunkelbraunen Haaren, die du so hübsch fandest, Mina." -

„Ich glaub' dir das einfach nicht." -

„Dann kann ich es auch nicht helfen. Was stört dich denn daran?" -

„Du bist noch so jung, Sex hat man doch frühestens ab achtzehn, oder?" -

„Also für mich spricht nichts dagegen, auch schon früher gemeinsam Spaß zu haben. Wenn man darauf achtet, dass nichts passiert und dass beide es auch wollen..."

Ich musste schlucken, wusste immer noch nicht recht, ob Marvin mir die Wahrheit sagte. Irgendwie fühlte ich mich verletzt, betrogen, allein gelassen...

„Bist du etwa schockiert... ich hab doch nichts Verbotenes getan... und wäre es verboten, dann hätte es bestimmt noch mehr Spaß gemacht." -

„Ich weiß auch nicht. Ich krieg' das ja mit, mit wie vielen Mädchen du hier antanzt. Ich dachte zuerst, mit Nikola würdest du richtig gehen... und dann kommst du nach ein paar Tagen mit 'ner anderen an. Irgendwie ist das voll link von dir, sozusagen hinter Nikolas Rücken dich dann an die Nächste 'ranzumachen. Kannst du denn keiner treu sein?" -

„Ich bin jeder treu, vollkommen treu und ergeben... und zwar immer solange, wie ich auch verliebt bin. Und ich bin eben in ganz viele Mädchen schon verliebt gewesen. Alles andere hat doch mit Treue nichts mehr zu tun, das nennt man einfach nur Trägheit. So einfach ist das!" -

„So einfach ist das nicht... so einfach machst du dir das. Echte Liebe ist, wenn man auch die Tiefen durchhält, wo nicht mehr so viel starkes Gefühl da ist. Denn echte Liebe kommt wieder; wenn man sich richtig liebt, dann hält das auch ewig, wenn man zueinander hält und so." -

„Das ist so in alten amerikanischen Spielfilmen... du musst dir mal mehr französische Filme ansehen, dann weißt du, wie das Leben wirklich aussieht. Da ist das nicht so verlogen. Wenn ich an einem Tag aufwache und keine Liebe mehr zu Mina spüre, dann mache ich sofort Schluss." -

„Aber damit verletzt du sie doch, und wenn du dann gleich 'ne andere hast, dann betrügst du sie auch. Das ist meine Meinung. Du verletzt damit ganz schön viele Mädchen. Ist dir das eigentlich klar?" -

„Was heißt, ob mir das klar ist. Ich muss es in Kauf nehmen, um ehrlich zu bleiben. Meine Meinung ist, dass man Mädchen immer dann betrügt, wenn man mit ihnen zusammen bleibt, ohne dass ein Gefühl, eine Liebe da ist. Bei mir weiß jedes Mädchen, dass ich sie wirklich liebe, solange ich mit ihr zusammen bin." -

„Aber es gibt auch Tage, da spürst du vielleicht weniger oder auch mal gar nichts, und an anderen Tagen bist du wieder voll verliebt. Und wenn du dann vorher, an den schlechten Tagen bereits Schluss gemacht hast, kann es vielleicht zu spät sein. Dann ist sie so verletzt, dass sie nicht mehr will. Und dann bist du geknickt." -

„Ja, aber so ist das Leben nun mal. Mal ist der eine, mal der andere geknickt. Dazwischen aber liegt die helle Freude, und auf die kommt es an. Jedes Gefühl entsteht, wird heftiger und läuft sich langsam tot. Wenn du jemanden hasst, dann wird das auch nach ein paar Tagen vorüber sein, wenn du einmal traurig bist, dann bleibst du das sicherlich auch nicht für den Rest deines Lebens. Das Besondere am Leben ist, dass du vielfältige Möglichkeiten geboten kriegst. Mach was draus! Und so ist das auch mit Liebesbeziehungen. Je unterschiedlicher du Erfahrungen machst, desto weiter bringt es dich, weil du mehr erlebt hast, mehr Menschen erlebt hast." -

„Nein, richtig leben kann man nur, wenn so etwas wie Liebesbeziehungen für dich einen besonderen Wert haben, und den kriegen sie nur, wenn sie ewig dauern. Dafür muss man sich einsetzen, was tun, sich bemühen. Wenn ich auf dem Sterbebett liege und neben ein und derselben Frau alt geworden bin, dann kann ich sagen, dass das wahre Liebe war." -

„Und wenn ich dahinscheide, kann ich sagen: Scheiße noch eins, ich habe gelebt, weil ich geliebt habe und zwar nicht nur in einer ganz dünnen geraden Linie, sondern in einem ganz bunten Netz aus vielen verschiedenen Linien. Und ich habe die Erfahrung gemacht, auch von ganz vielen geliebt worden zu sein, ja, weil ich auch andere mit ihrer Liebe an mich rangelassen habe und nicht dichtgemacht: Tschuldigung, bin schon besetzt, und das bleibt ganz sicher auch so, weil es halt so sein muss!"

So wie in dieser Nacht diskutierten wir auch einige Jahre später und schließlich führten wir exakt die gleiche Debatte nach Marvins Entschluss, sich von Hilke, seiner Ehefrau zu trennen. Die Argumente aus unserer Jugendzeit brauchten gar nicht sonderlich verfeinert, korrigiert oder ergänzt zu werden; lediglich der sprachliche Ausdruck wurde in späteren Jahren ein wenig gehobener:

„Wenn du eine Liebesbeziehung nur darüber definierst, den ersten Liebesrausch in brodelnder Leidenschaft zu erleben, bringst du dich selbst um das Erlebnis, wahrer, tiefer, menschlicher Liebe, die so intensiv verbinden kann, dass sie hierin die Kraft für ein ganzes Leben findet. Diese Liebe ist erst das Wertvolle in einem Leben, das andere ist Rausch, Rausch, der mit einem Geschwindigkeitsrausch zu vergleichen ist und der moralisch niedriger bewertet werden muss." -

„Ja, mit deiner Vorstellung von Moral habe ich exakt ein Problem, nicht dass ich moralische Leitlinien für gesellschaftliches Zusammenleben unwichtig finde, nur ist und bleibt Moral ein höllisch dehnbarer Begriff. Ich bleibe dabei, dass es verlogen und damit unmoralisch ist, aus falsch verstandener Treue einem Menschen die solche zu halten. Du kannst mir nicht erzählen, dass es auf der ganzen Welt mehr als fünf Menschen gibt, die das Kunststück

74

fertig gebracht haben, ihre Liebe und Leidenschaft über fünfzig oder sechzig Jahre auf gleichem Level zu halten. Irgendwo kommt in nahezu jeder Beziehung der Moment der Entfernung, der Erkaltung des Gefühls, das soll auch so sein, denn hierin liegt die Chance, sich und dem anderen gegenüber in diesem Moment ehrlich zu bleiben und den, wenn auch schmerzlichen, Schlussstrich zu ziehen. Es muss etwas sterben, damit etwas Neues geboren wird. Nur so wirst du dich öffnen können für eine neue Erfahrung. Erneuerung ist das Synonym für Leben. Das ewig Gleiche wird dich früher oder später langweilen, und in der Ödnis deiner Gewöhnung wirst du den kümmerlichen Rest in dir mühselig für ein erfülltes glückliches Leben halten. Aber damit sitzt du einer Illusion auf. Liebe! Liebe dich durch dein Leben! Wer hat dir gesagt, dass du dich einmal festlegen musst und dann wehe dir Gott, du möchtest plötzlich eine neue Erfahrung. Das ist ja Treuebruch und unmoralisch... oh Gott, da kommen wir ja in die Hölle... Früher machte die ewige Bindung ja aus sozial-gesellschaftlichen Gründen noch einen Sinn, von wegen Versorgung der Familie und so, aber heute haben wir die Chance zur Freiheit. Leben bedeutet Erneuerung in Ausrichtung auf die Freiheit... Oh welch ein Spruch, hat den jemand mitgeschrieben, den verkauf' ich an Blumenkalender..." -

„Halt mal eben die Luft an, sonst hab' ich gleich vergessen, was ich zu diesen platten Rechtfertigungen deiner zwanghaften Promiskuität sagen wollte. Also erstens: Klar, dass Gefühle oszillieren, sie sind immer in Bewegung; vortrefflichstes Merkmal von Gefühlen ist die Lebendigkeit. Ich denke, da gibst du mir Recht. Somit gehört auch zur Liebe der Verlauf in Höhen und Tiefen... nach jedem Tief kann der erneute Aufschwung des Gefühls erfolgen, nur muss man selbst auch mal was dafür tun, du musst in Gefühle investieren... siehe sie wie ein Feuer, das irgendwann ausgehen würde, wenn du nicht von mal zu mal ein Stück Holz in die Flammen legen würdest. Lebenskunst besteht darin, solche Gefühle in Bewegung zu halten. Dafür lohnt es sich, sich einzusetzen. Diese flatterhaften Etwasse von überrumpelnden Empfindun-

gen, die du meinst und immer nur passiv über dich ergehen lässt...
natürlich merkst du die in ein paar Monaten nicht mehr, wenn du
dir in keiner Weise die Mühe machst, sie auch mal fest zu halten
und zu füttern, damit sie gegebenenfalls auch bei dir bleiben.
Natürlich klappt das nicht immer, und ich gebe dir Recht, dass es
besser ist, aufrichtig zu sein und lieber durch den Abbruch einer
Beziehung beiden die Chance zu geben, im Neuanfang schließlich
auch ihr Glück zu finden. Dann kann und soll man eine Beziehung
auch beenden können. Der feine Unterschied zwischen uns liegt
einzig und allein darin, dass du kein' Bock hast, dich um Gefühle
zu bemühen. Was nicht auch von alleine haften bleibt, taugt für
dich nichts und gehört abgeschoben. Damit machst du es dir
leicht, deiner Umwelt aber schwer. Und zweitens hast du eben ja
so überschwänglich den Begriff Freiheit ins Feld geführt. Ich hätte
Bedenken, ob deine Auffassung von Freiheit nicht eher mit Isola-
tion zu übersetzen ist." -
„Weißt du was, ich verstehe gar nicht, warum wir uns hier pseudo-
intellektuell einen abzappeln. Es liegt ganz klar auf der Hand, dass
wir Begriffe wie Liebe, Treue und auch Freiheit einfach unterschiedlich definieren. Damit müssen wir leben; jeder soll doch
zusehen, auf seine Weise glücklich zu werden. Ein geeignetes
Schlusswort, findest du nicht?"
Marvin hatte Recht, hier war das Schlusswort unserer Debatte
gefunden. Und obwohl ich mit kaum etwas so sicher war wie mit
meiner Überzeugung, muss ich gestehen, dass ich auch einen gewissen Neid verspürte. Ich wurde bei dem, was bei Marvin so sehr
nach Leichtlebigkeit und Autonomie aussah, irgendwie das Gefühl
nicht los, dass mein Bruder mir damit einen Schritt voraus war,
mehr von seinem Leben hatte, auch wenn ich bis zum heutigen
Tag dabei bleibe, dass Marvin der falschen Lebenseinstellung
aufgesessen und in dieser Hinsicht ein fantasieloser Ignorant gewesen ist.
Es gibt noch einen weiteren Punkt, bei dem sich unsere Ansichten
deutlich voneinander unterschieden, dazu springe ich zurück in die
Zeit, in der wir uns zu Anfang dieses Kapitels bereits befunden

haben und komme auf eine Begebenheit zu sprechen, die ich nicht persönlich miterlebt habe, die mir aber später eingehend von meinem Bruder geschildert wurde:

Marvin spazierte in aller Gemütlichkeit und in vornehmer Haltung -die ein elegantes Jackett von Hans noch unterstrich- mitten auf der Hauptstraße unseres Nachbardorfes entlang. Er befand sich auf dem Nachhauseweg und war genügsamer Stimmung.

Jedenfalls kamen auf einem Mofa zwei Sechzehnjährige herangeknattert, umkreisten meinen Bruder einmal, um sich ihm dann mitten in den Weg zu stellen.

„Haben wir uns aber fein gemacht, was?" spottete der Fahrer.

„Da hat Mutti uns aber schick in Schale geworfen." ergänzte der andere, holte aus und spuckte meinem Bruder ans Revers des Jacketts.

Marvin zwang sich zur Ruhe: nur nicht provozieren lassen, einfach langsam weitergehen, die Idioten gar nicht beachten!

Der Andere war vom Gepäckträger herabgestiegen und baute sich dicht vor Marvin auf. Er grinste breit:

„Aber wir haben uns ja noch gar nicht rasiert..."

Und schon ließ er ein Springmesser aufschnappen und ritzte je einen dünnen Schnitt in Marvins Wangen. Es tat nicht weh, doch Marvin spürte Wut über die Demütigung in sich hochkochen. Im Hintergrund grinste der Fahrer gelbzähnig.

Marvin blickte seinem Kontrahenten direkt in die Augen, holte dann mit der linken Faust weit aus -aber nur als Täuschungsmanöver- denn plötzlich schoss seine rechte blitzschnell vor und traf den Jugendlichen unter dem Kinn. Wie in einem Film fiel dieser hintenüber und blieb reglos am Boden liegen.

Der andere stammelte aufgeregt:

„Ich hol' Verstärkung. Ich hol' Verstärkung... bin gleich wieder da."

...und brauste auf seinem Mofa ab.

Marvin zwang sich zur Ruhe, ließ den Niedergestreckten liegen und machte sich auf den Weg. Angst kam in ihm auf, ob er unter Umständen jemanden getötet hatte. Er drehte sich um. Dort erhob sich bereits sein Gegner, sah Marvin kurz nach und wankte schließlich davon.

Als Marvin uns sein Erlebnis schilderte, kochte in uns allen Wut hoch, aber wir freuten uns auch über seinen erfolgreichen Rückschlag, Hans meinte, man dürfe sich eben nicht alles ungestraft gefallen lassen. Anna sorgte sich um die dünnen Einschnitte in der Gesichtshaut, die augenscheinlich nicht mal geblutet hatten, sie könnten sich infizieren, und Inge lamentierte darüber, dass Jugend, wenn sie sich langweile, nur auf solch dumme Ideen komme.

Nachts wollte ich Marvin sagen, dass ich stolz auf ihn sei, weil er so mutig reagiert habe; gerade als ich ansetzen wollte, sagte er: „Weißt du, irgendwie hat mir das ein gutes Gefühl gemacht, dem Scheißkerl voll eins in die Fresse zu geben. Der ist umgekippt wie 'ne Schießbudenfigur. Ich habe mir bisher nicht vorstellen können, so etwas zu tun. Und jetzt, wo es geschehen ist, weiß ich, dass mich keiner so dumm anpupen kann. Ich habe keine Angst, wenn die Rache wollen. Auch wenn ich selber was abkriege, die kommen dann aber nicht ungeschoren davon. Ich lass' mich nicht einschüchtern."

Nach dieser kurzen Erklärung, in der Stolz auf die eigene „Schlagfertigkeit" mitschwang, wechselte mein Gefühl ins Gegenteil. Mir waren seit je her Faustschläge zuwider... ich konnte mir nichts Brutaleres vorstellen, als Menschen ins Gesicht zu schlagen.

Auch wenn ich eben eine gewisse Bewunderung für Marvin gehegt hatte... mit einemmal wich diese der konsequenten Ablehnung aller Gewalttätigkeit, womit ich damals explizit körperliche Gewalt meinte.

Mir erschien schon in jungen Jahren die strategische Flucht als die klügste Reaktion auf Bedrohung. Gewalt erzeugt immer Gegengewalt! war ein Leitspruch meiner und demnach auch unserer Erziehung.

Kritiker meiner pazifistischen Grundhaltung, zu denen auch Marvin gehörte, unterstellten mir eine gewisse Feigheit und bescheinigten mir, dass mein Selbstwertgefühl nur Schaden nehmen könne, wenn ich mich in Angriffssituationen nicht wehren würde...

Ich habe seither drei Mal „eins auf die Schnauze gekriegt" und in allen drei Situationen nicht zurückgeschlagen, habe die Schläge einfach einkassiert und bin fortgegangen.

Ich fühle mich gut dabei, meinem Prinzip, meinem Wert „Pazifismus" treu geblieben zu sein. Und doch weiß ich, wovon Marvin gesprochen hat, als er mir prophezeite, ich würde mich danach noch kleiner und geringer fühlen.

Jedes Mal, wenn ich Schläge eingesteckt habe, bin ich direkt nach Hause gelaufen, habe mich in meinem Zimmer eingeschlossen und vor Wut das Kissen vollgeheult; beim letzten Mal war ich bereits zweiundzwanzig Jahre alt. Und trotzdem finde ich, dass meine Standhaftigkeit und Selbstbeherrschung jene Größe hat, die dem einfachen Zuschlagen eindeutig überlegen ist.

Wie ging es weiter? Um mich besser erinnern zu können, habe ich sämtliche Fotos aus unserer gemeinsamen Zeit, sowie Briefe und Texte herausgesucht. Drei Originaltexte von Stand-up-Comedian-Nummern, die Marvin für seine Auftritte in einer Kneipe geschrieben hat, können einen Einblick in Marvins Umgang mit Witz und Komik bieten.

Darüber hinaus werden mit den letzten beiden Nummern zwei weitere Abschnitte seines Lebens, seine Zeit an einer Fachoberschule für Kunst und Gestaltung, die er mit sechzehn Jahren begann, sowie seine sich direkt daran anschließende Zivildienstzeit im Marvin-Originalton dargestellt.

Marvin dürfte zur Zeit seiner nächtlichen Kneipenauftritte etwa 20 Jahre alt gewesen sein. Das kann ich relativ sicher festlegen, da ich noch weiß, dass diese abendlichen Darbietungen der erste bescheidene Broterwerb nach seinem Zivildienst waren, dreißig Mark pro Auftritt und den Abend lang Getränke frei:

„Guten Abend, es freut mich, Sie so zahlreich begrüßen zu können, immerhin hatte ich gestern nur knapp die Hälfte im Publikum sitzen... ähm... ja, meine Mutter hat sich ein bisschen allein gefühlt.

Meine Güte, da schwatze ich hier so locker und gemütlich, und vergesse dabei glatt, dass Sie mich ja noch gar nicht kennen. Tja, so ein charmanter und redegewandter Plauderer.

Darum möchte ich die Gelegenheit sozusagen am Haupthaar packen und Ihnen ein wenig aus meinem bewegten Leben erzählen.

Ich war ein ungewöhnliches Kind. Schon bei meiner Geburt konnten sich meine Eltern kaum entscheiden, wen sie hübscher fanden: mich oder die Plazenta. Als die Hebamme mir den obligatorischen Klaps gab, schlug ich zurück. Wenn Mutter versuchte, mich zu stillen, spielte ich lieber mit ihren Brüsten Punchingball.

Ich hatte eine ausnehmend glückliche Kindheit, ich genoss ja auch eine antiautoritäre Erziehung. Die Bügeleisenabdrücke und Peitschenstriemen auf meinem Rücken rührten daher, dass ich fast täglich die Treppe runtergefallen bin.

Im Kindergarten war ich der beliebteste. Jeder wollte mich zum Freund haben, immerhin war ich der einzige, der ein Schnürband durch sein Ohr einfädeln konnte und es aus der Nase wieder herauspopelte. Und nicht genug damit. Ich konnte es dann auch noch so schnell hin- und herziehen, bis mein Kopf rauchte.

In der Schule lernte ich viel... für's Leben... zum Beispiel, wie man auf originelle Weise mit einem Schummelzettel umgeht. Onkel Nikolas war Tätowierer. Ich ließ mir einfach sämtliche Mathematikformeln auf den Oberschenkel tätowieren. Dann brauchte ich bei der Mathe-Arbeit nur noch Stück für Stück die Hose hochkrempeln. Leider war der Krempel vom vielen Wickeln schon am Knie so dick, dass ich nur bis zum kleinen Einmaleins kam.

Auch entwickelte ich auf fantasievolle Weise neue Wege im kreativen Umgang mit unserer geliebten Muttersprache. Manche sprachen von Legasthenie.

Mutter war die beste Köchin der Welt, zumindest die einzige, die es versteht, Erbsen und Mais in einen Topf zu geben, um dann nach einer Stunde Halbe Hähnchen in der Tüte mit dem Aufdruck 'Ernie's Grillimbiss' daraus zu zaubern.

Mein Vater war Polizist. Ich begriff bis vor einem Monat nicht, warum er jede Samstagnacht meine Mutter verhaften und mit Handschellen ans Bett ketten musste. Als ich es dann begriff und einigen Kollegen meines Vaters einen Wink gab, wurde Vater selbst in Handschellen abgeführt. Schließlich sollte er auch mal in den Genuss kommen...

Die Anklage lautete: Unzüchtiges Verhalten mit Polizeigerät. Nun frage ich Sie, liebes Publikum... wer kann sich ernsthaft unzüchtiges Verhalten mit einem Polizeigerät vorstellen. Niemand!!! Das wäre so, als würden Sie heftig in ein Curryhemd hecheln, in der Hoffnung, es rege sich etwas, einen Meter zwanzig tiefer. Albern! Wäre ich Vaters Anwalt gewesen, hätte ich ihn sofort wegen Unzurechnungsfähigkeit rausgehauen.

Apropos rausgehauen. Kaum war Vater wieder zu Hause, revanchierte er sich bei mir, indem auch er mich raushaute, aus unserem Haus nämlich. Vater hatte einfach die besseren Argumente, dass ich ausziehen sollte. Gegen ein gebrochenes Nasenbein und einen ausgekugelten Arm wusste ich in der Hast nichts entgegenzusetzen.

Ich bezog meine erste Wohnung. Na ja, vielleicht ist Wohnung nicht ganz zutreffend, Sie kennen doch diese formschönen, chromblitzenden Container auf Rädern, die besonders vor Mietskasernen herumstehen.

In diesen eigenen vier Wände stürzten jedenfalls die verschiedensten Eindrücke auf mich ein. Bald gab ich sogar auf, selber zu kochen. Vieles von dem, was quasi durch das Dach auf mich niederregnete war mit einer Prise Salz durchaus noch zu genießen. Manches erschien anfangs noch gewöhnungsbedürftig, wie zum Beispiel die prallvollen Staubsaugerbeutel.

Ich muss zugeben, dass mir diese ohne fette Sauce nicht durch die Kehle wollten. Man hat und behält den Mund ewig voll. Außerdem führt der Genuss von Staubsaugerbeuteln häufig zu Trockenhusten.

Ich war jedenfalls froh, ein Dach über dem Kopf zu haben, ein Schiebedach sogar.

Vor zwei Wochen lernte ich eine entzückende junge Frau kennen. Man kommt sich näher... Sie kennen das ja, ein Wort gibt das andere, ein Ohrenknabbern zieht sogleich den entschlossenen Griff ans Knie nach, und dann lässt die berühmte Frage auch nicht mehr lange auf sich warten: 'Gehen wir zu mir oder zu dir?' In dieser Frage waren wir uns schnell einig. Ich hatte gerade aufgeräumt.

Nein, groß ist mein Eigenheim nicht, eher kompakt. Praktisch in der Aufteilung des Nutzraumes. Einziger Nachteil die festen Duschzeiten... bei Platzregen... mit derlei Federstrichen wusste ich mein Eigenheim schmackhaft zu skizzieren.

Doch als wir bei mir Zuhause ankamen, beschlich mich der Verdacht, meine neue Eroberung sei irgendwie enttäuscht. Vielleicht hatte sie zu viel erwartet. Ehe sie anfängt zu mäkeln, schnell mit der Inneneinrichtung bestechen! sagte ich mir.

Ich, galant, wie ich nun mal bin, hielt ihr die Tür auf und bat sie, erst mal einzutreten.

Sicherlich bin ich kein Putzteufel, aber ich schwöre Ihnen, dreckig ist was anderes. Meine Eroberung hatte völlig überzogene Vorstellungen von Sauberkeit; ihr reichten drei Stunden und bei mir blitzte es wie schon lange nicht mehr. Nachdem sie dann den Müll rausgebracht hatte, fielen wir schließlich rücklings auf mein Bett, und meine Teuerste schlief sofort ein. Wieder alles umsonst!

Am nächsten Morgen lag neben mir auf dem Kopfkissen ein Zettel mit dem Satz: 'Ich muss dich verlassen, weil Efeu und Rosen niemals zusammen wachsen.' Die Floristin daselbst war jedenfalls über alle Beete.

Verstehe einer diese Frau... da bietet man ihr ein gemeinsames kleines Königreich, Glück und Behaglichkeit im Überfluss und sie kehrt wieder zurück in ihr Elend.

Um Sie, verehrte Damen und Herren, schließlich mit einem Happyend zu vertrösten, will ich Ihnen nicht vorenthalten, dass ich mittlerweile gutbürgerlich mit einer Frau zusammen lebe, die sich Gerhard nennt und deren einziger Schönheitsmakel ihr ausufernder Damenbart ist. Wir sind glücklich und wollen später viele Kinder.

Liebes Publikum, bei allen Widernissen des Lebens... das möchte ich Ihnen zum Abschluss noch mit auf den Weg geben, vergessen Sie nie, womit Sie sich immer herausreden können: Efeu und Rosen wachsen niemals zusammen. Ich danke Ihnen."

Solche Texte verfasste Marvin massenhaft, jedoch nur ein geringer Bruchteil wurde penibel auswendig gelernt und in unterschiedlichem Vortrag erprobt... mal allein vor dem Spiegel, mal hielt ich als Testpublikum her.

Und von diesen einstudierten Nummern brachte Marvin bestenfalls die Hälfte bei seinen abendlichen Auftritten in einer Kleinkunstkneipe zwischen Amateurrockbands, Zauberern und Akrobaten, zur Aufführung.

Jeden Freitag trafen wir uns ab 21.00 Uhr, um Marvin mit unserem Lachen anzufeuern. Wir, das sind unsere drei Eltern, Marvins damalige Freundin Alicia und ich.

Wenn ich Nummern noch nicht kannte, lachte ich oftmals in doppelter Weise: einmal über den Witz, und dann noch, weil ich so stolz war, dass Marvin auch vor fremdem Publikum Erfolg hatte.

Dabei war das hiesige Publikum gnadenlos. Die Gäste boten anfangs eine ausgesprochene Muffeligkeit auf, es wäre ja gelacht, sie so einfach zum Lachen bringen zu wollen... Manch andere Komiker oder Satiriker hatten sich schon bei dem Versuch die Zähne ausgebissen.

Auch bei Marvin war es anfangs notwendig gewesen, einige -wie ich finde- gelungene Gags zu verpulvern, ehe einer dann wirklich zündete. War dieses dann aber geschehen, schien ein Damm gebrochen zu sein... immer geringere Witze reichten aus, das Publikum lachen zu lassen.

Wenn Gäste kamen, die Marvins Auftritt schon einmal erlebt hatten, dann ertönte so manch klirrendes, hicksendes oder ratterndes Lachen schon von vornherein aus der Menge. Und allein dieses steckte an, verbreitete sich schnell und schaffte die besten Voraussetzungen, den Auftritt zu einem Erfolg werden zu lassen.

Manchmal stand Marvin bereits auf der Bühne, und wenn er uns sah, turnte er umständlich wieder herunter, zwängte sich zwischen den eng stehenden Tischen hindurch, um uns zu begrüßen mit immer demselben Satz:

„Hallo ihr, ihr könnt es glauben oder nicht, heute habe ich mir vor Lampenfieber wirklich in die Hose gekackt."

...oder er blieb auf der Bühne stehen, wies mit ausgestrecktem Arm in unsere Richtung und verkündete breit grinsend:

„Meine Damen und Herren, darf ich vorstellen, dort am hinteren Tisch meine Familie, das sind die gekauften Lacher! Denken Sie sich nichts dabei. Aber gerade heute freue ich mich ganz besonders, dass meine Mutter anwesend ist, schließlich hat sie sich immer wieder die berechtigte Frage gestellt: Was will der Junge auf einer Fachschule für Künste? Hier nun liebes Publikum, und vor allem liebe Mutter, alles andere, nur keine Antwort auf diese Frage:

Um es vorwegzunehmen. Ich bin unbegabt mit jeglichem künstlerischem Ausdruck. Schon die Kunstlehrer in der Grundschule schlugen beim Anblick meiner Werke die Hände über dem Kopf zusammen. Manche schrien gellend auf, andere wiederum rannten völlig verwirrt aus dem Klassenraum und mussten fortan eine schwere Psychose therapieren lassen. Ich habe so wenig Begabung, ich würde Kunst glatt mit „C" schreiben.

Man kann jedem Säugling die Fäustchen in Farbe tunken und ihn kreuz und quer auf Papier stempeln lassen. Das hat immer noch mehr künstlerischen Ausdruck. Man kann zweiunddreißig Farbtuben in einen Leinensack stecken, diesen zweihundert mal auf den Boden knallen und die Soße dann auf Papier laufen lassen. Da kann man immer noch mehr Gegenständliches erkennen, als wenn ich mich abmühe.

Ich strebte nach Tiefe, Größe und Genius in meinen Werken, doch die Resultate erschreckten sogar mich selbst. Sobald ich einen Pinsel in der Hand hielt, verheddert sich jedes Mal die spitze Rückseite in einem meiner Nasenlöcher, und das führte zu Nasenbluten. Geschickte Kopfhaltung förderte zwar ein kräftiges Rot zutage, doch als es trocknete, verwandelte sich das Werk zu einem geballten Nichts, bei dessen Betrachtung einen nur die Langeweile angähnt.

Im Töpferkurs malträtierte ich so manchen Klumpen Ton, guggelte mit meinen Fingern durch die klebrig-stumpfe Masse, zog mal hier, mal dort, formte, rundete ab und drückte Furchen hinein. Irgendwann rief ich stolz: 'Fertig!'

Die anderen aus meinem Semester wandten sich augenblicklich meinem Werk zu, und schon begann es wieder: 'Ein Elefant! Ein Sofa! Die verpickelte Nase unseres Lehrers!' Gott, was war das launig... für die anderen!

Da war ich zum ersten Mal zufrieden mit einem meiner Werke, war sicher, jeder würde sofort erkennen, was ich da geknetet hatte:

eine Klarinette.

Im Fotografieunterricht präsentierten meine Mitschüler die unterschiedlichsten Werke. Landschaften in selten gesehener Schönheit, Häuserfassaden, Portraits, Gruppenbilder von den anderen Schülern... nur bei mir, auf jedem Bild das Gleiche: Unglaublich fette Nase und ein Teil von einem Auge.

Bei der Analyse von weltberühmten Bildern bibberte unsere Lehrerin schon im Vorfeld, wenn ich mit einer Bildbesprechung dran war.

'Auf diesem Werk sehen wir zweifelsfrei eine Person nach einem Autounfall. Das setze ich einmal voraus, das mit dem Unfall. Denn das Auge hier ist ja auf der völlig falschen Seite. Außerdem hat die Person versucht, all ihre blauen Flecken und Wunden im Gesicht mit den buntesten Farben zu übermalen. Nicht zu übersehen ist auch diese gewaltige Einbeulung im Schädelbereich. Medizinisch gesehen wäre diese Person schon längst tot. Ich finde, der Künstler hat sich nicht viel Mühe gegeben, eindeutig hat der den Quatsch da mit einem groben, breiten Pinsel schnell hingepfuscht. Hier sieht man noch voll die Kratzspuren. Außerdem ist die Person am Hals tätowiert. Keine Idee, warum sich diese Frau da das Wort Picasso eintätowieren ließ. Schlussbetrachtung: Ein hingekrackeltes Bild... ich würde sagen fünf plus!'

Ich habe nie behauptet, Ahnung von Kunst zu haben.

Nach anderthalb Jahren Odyssee durch die Welt der Schöngeistigkeit, wo ich gelinde gesagt eine tiefe, klaffende Wunde in der Kunstgeschichte zurückgelassen habe, entschloss ich mich, auf einen Abschluss zu verzichten und stattdessen ein weltberühmter Geiger zu werden.

Seit einigen Tagen habe ich keine Freunde und keine Wohnung mehr. Außerdem bin ich bei einem Ohrenarzt in Behandlung, der meine rasend schnell vermoosten Ohren behandelt. Mal sehen, vielleicht werde ich auch ein Arzt, der trägt immer so einen chicen Kittel... In diesem Sinne: Tschüss!"

Mehr und mehr wurde sein erzählerischer Vortrag zu einem geschauspielerten. Das ironisierende Lächeln an der richtigen Stelle, das verzogene Gesicht, die wie nebenbei ausgeführte Handbewegung, all dieses vollendete erst den komischen Effekt.

Manchmal löste eine Lachsalve die Nächste ab, ohne Pause zum Durchatmen. Szenenapplaus bekräftigte das Lachen. Bei den vier bis fünf Komikern, die zu dieser Zeit hier auftraten, hatte Marvin eindeutig den größten Erfolg.

Einmal, als ich gerade zu einer weiteren Vorstellung die Kneipe betreten wollte, bekam ich mit, wie ein Paar an der Tafel stehen blieb, auf der in Kreideschrift unter anderen auch Marvin als Programmpunkt angekündigt wurde.

„Mensch, heute tritt wieder Marvin Frayer auf. Den kenne ich, der ist richtig gut. Dann lass uns doch einfach hier rein.“

„Guten Abend meine sehr verehrten Damen und Herren ...ich habe tief in mir einen guten Kern, heute Morgen beim Pfirsichessen hab' ich ihn verschluckt... ich mach nur Spaß... ich hab' wirklich einen guten Kern in mir, eine soziale Ader, wie man so sagt, Mitmenschlichkeit und christliches Engagement sind mir nicht fremd. Ich würde sogar so weit gehen zu behaupten, ich sei ein über weite Strecken guter Mensch. Bitte stehen Sie nicht alle auf, werfen Sie auch nicht mit Ihren Stühlen. Ihnen mag mein Lobgesang auf die eigene Person arrogant und eingebildet erscheinen, doch geben Sie mir die Möglichkeit, Ihnen die Geschichte meiner Läuterung zu erzählen. Denn ich war nicht immer dieser durch und durch gute Mensch. Früher war ich abgrundtief böse; ich aß selten meinen Teller leer, hatte Widerworte, wenn ich meine obligatorischen Schläge bezog, ich brüllte nämlich immerzu 'Au!'; ich quälte Insekten, indem ich Fliegen gnadenlos durch unser Wohnzimmer hetzte, und manchmal bohrte ich sogar in der Nase. Man kann es ruhig deutlich sagen: ich war ein richtiger Stinkstiefel.

Alles begann mit meinem Entschluss, die Mordbereitschaft unserer Nation nicht zu unterstützen und deswegen den Dienst an der Waffe zu verweigern. Messerscharf ins Feld geführte Argumente untermauerten meinen moralischen Beschluss. Tragendstes Motiv meiner Entscheidung war, dass ich die Soldatenkluft schrecklich unmodisch fand. Und irgendwann hatte ich meine Verweigerung endlich durch, und ich wurde einer dieser langhaarigen Bombenleger, Drückeberger, Pisspottschwenker, Bettpfannenkellner, Weicheier, Warmduscher, Schwuler, Vorwärtseinparker, Süßfrühstücker, kurz Zivi genannt.

Meinen Dienst trat ich auf Station eines kleinen Krankenhauses an. Sie wissen schon, dreißig Betten voller Elend, Leid und Kummer. Ich kann Ihnen sagen, wenn wir dann frühmorgens in die Zimmer stürmten, um Betten zu machen... es war überlebensnotwendig, sofort die Fenster aufzureißen, zehn Minuten später, und unsere Pathologie wäre überfüllt gewesen.

Manchmal fiel beim Deckenausschütteln so manches Großmütterchen aus derselben, ach... diese zierlichen Personen ohne ihr Gebiss... einfach süß.

Das werden Sie nicht wissen, darum erzähle ich es Ihnen auch: Herr Hartmann kotet sich ein. In der Regel schieben wir sein Bett dann in den Klinikgarten und bitten unseren Gärtner, ihn mal kräftig mit 'm Gartenschlauch abzuspritzen.

Herr Hartmann... ist Ihnen eigentlich aufgefallen, dass ich gerade gegen das Datenschutzgesetz verstoße. Ich kann doch von Herrn Erwin Hartmann, wohnhaft in der Lessingstraße 34, Telefon 12 34 56, sexuelle Vorliebe: am besten ganz in Gummi, nicht den Namen nennen. Das ist mir leider rausgerutscht. Ich bitte Sie, dass Sie den Namen Hartmann, ich buchstabiere H, A, R, T, M, A, N, N, schnell wieder vergessen, damit kein Schindluder damit getrieben wird.

Wie gern schob ich all diese reizenden Patienten im Rollstuhl über die Gänge, veranstaltete mit Zivi-Kollegen Flurrennen; und was für Spaß hatten wir, als der Fahrstuhl bei einem Rennen nicht rechtzeitig kam, und ich clevererweise das Treppenhaus nahm.

Ich war beliebt auf Station, der Sonnenschein für die Patienten, immer ein fröhliches Guten Morgen auf den Lippen, immer ein stützender Arm, wenn ein Greis ins Stolpern geriet, immer eine offene Hand, wenn es an's Trinkgeld ging.

Wenn ich mal erreichen wollte, dass eine Oma nicht gesundete, damit sie nicht entlassen wird... sagen wir, weil sie mir jeden zweiten Tag 'nen Fünfer zusteckte oder weil wir uns immer ihre Schonkost teilten, dann war ich unglaublich erfinderisch. Mal nutzte ich beim Verbandswechsel die Gelegenheit und hustete kräftig auf die frische Operationswunde. Manchmal rieb ich nach dem Temperaturmessen das Fieberthermometer so kräftig zwischen den Fingern, dass die Gute den ganzen Tag lang unentwegt Wadenwickel bekam. Ich sage Ihnen, man lässt sich die tollsten Dinger einfallen!

Und da, wie ja wohl bekannt sein dürfte, ein Zivildienstgehalt bei weitem nicht ausreicht, ein halbwegs würdevolles Leben zu führen, war ich gezwungen, mich um den einen oder anderen Nebenverdienst auf Station zu kümmern.

Hatte beispielsweise ein Frischoperierter gerade heftige Schmerzen, war ich sofort bereit, ihm Novalgin zu besorgen... für einen verdammt guten Preis.

Ja, meine sehr verehrten Damen und Herren, dieser Dienst am Menschen hat mich geprägt. Hat mich zum barmherzigen Samariter werden lassen, hat diese erstaunliche Verwandlung in Gang gebracht. Das süße Gefühl, Menschen geholfen, etwas Gutes getan zu haben, ist Sold genug für mich. Ich danke Ihnen..."

Nach einem dieser Auftritte setzte sich ein etwas grobschlächtig wirkender Mann zu uns an den Tisch und unterbreitete Marvin ein Angebot für einen Job an verschiedenen Orten, erst mal für ein halbes Jahr.

Marvin wog dieses Angebot nur einige, wenige Minuten ab, er las flüchtig in unseren säuerlichen Gesichtern... und trotzdem sagte er dem Mann, der sich -wenn ich mich richtig erinnere- nicht einmal namentlich vorgestellt hatte, zu.

Damit war besiegelt, dass Marvin für dieses halbe Jahr nicht mehr zu Hause wohnte, dass er seine Auftritte in dieser Kneipe aufgab und dass Alicia und ich ihm hinterherreisen müssten, wenn wir ihn treffen wollten.

Wir waren die Letzten in der Kneipe; der Wirt fegte und wischte schon. Schwerfällig erhoben wir uns, verabschiedeten uns sowohl von Marvins altem als auch von seinem neuem Brötchengeber und zogen gen Heimat. Als ich mich ein letztes Mal umdrehte, sah ich, wie gerade die Lichter in der gemütlichen Eckkneipe verloschen...

Wir hatten T-Shirtwetter mitten im März, strahlend blauen Himmel und eine unglaublich samtweiche Luft, wie aus der lauen Nacht eines Jahrhundertsommers.

Im offenen Käfer-Cabrio von Alicia fuhren wir über eine fast leere Landstraße. Ich saß am Steuer, ich hatte Lust zu fahren und konnte jetzt der Versuchung nicht mehr widerstehen, die vorgeschriebene Höchstgeschwindigkeit um fast fünfzig Stundenkilometer zu überschreiten. Irgendwie fühlte ich mich berauscht und wollte mit unserem Tempo diesem Rausch entsprechen.

Alicias Lächeln ruhte in ihrer Hand, den Ellenbogen an meiner Kopfstütze angelehnt. Die meiste Zeit sah sie mich an, nur hin und wieder blitzte ihr Blick nach vorne auf die Straße. Ich fühlte mich in keiner Weise unangenehm beobachtet; aber ich wusste ihre Blicke auch nicht klar zu deuten. Wenn ich es nicht besser gewusst hätte, wäre ich sicher gewesen, dass diese Blicke Verliebtsein bedeuteten.

Alicia war Marvins feste Freundin! Sie liebte meinen Bruder leidenschaftlich und freundschaftlich zugleich. Jede Minute ihres Zusammenseins -soweit ich es mitbekam oder davon hörte- waren von großer Innigkeit.

Mal abgesehen davon, dass schon sehr viel dazugehört, bis ich mir einbilde, eine Frau sei in mich verliebt... ist es bei Alicia geradezu absurd.

Alicia ist eine Fee, wenn es dunkelhaarige Feen überhaupt gibt. Ihre Ausstrahlung lässt sich simpel mit zwei Begriffen umschreiben: Lieblichkeit und Bescheidenheit. Ich zögere zu schreiben, dass ich sie wunderschön fand... wenn ich meinem Empfinden ehrlich entsprechen will, müsste ich zugeben, dass sie mir einfach zu zerbrechlich, zu zierlich wirkte. Das was ich unter „wunderschön" verstehe, bedeutet wenigstens eine hauchdünne Schicht Fleisch unter der Haut.

Aber für andere ist sie sicherlich die schönste Frau der Welt. Es sind nicht wenige, die sich nach ihr umdrehen... und -ach, es hört sich blöd an- ich bin schon manches Mal vor Stolz fast zerplatzt, wenn ich neben ihr durch eine Einkaufspassage lief und manche Arschlöcher mich mit neidvollen Blicken musterten.

Ich freute mich über die schöne Freundschaft, die ich mit Alicia führte, und ich freute mich, dass sie mit meinem Bruder zusammen war.

„Warum hat er nur diesen Scheiß-Job angenommen. Wir müssen jetzt wie die Irren hinter ihm herhetzen, wenn wir ihn mal sehen wollen." -

„Lass mal, für Marvin ist das bestimmt eine Weiterentwicklung, auch wenn du - und zugegeben auch ich - das nicht nachvollziehen können, was an diesem Vagabundenleben eine Weiterentwicklung sein soll. Wahrscheinlich ist es das Neue, das Andere, was ihn reizt, das darf dann ruhig auch mal etwas extremer ausfallen." -

„Toll, wenn ich meinen Freund kurz sehen will, kurve ich lässig nur mal ein paar Hundert Kilometer wie jetzt nach Bremen. Das kann auch echt nur ihm einfallen... Mikrofon-Animateur in einem Jahrmarktskarusselll..."

Alicia wirkte wirklich wütend auf Marvin; unsere Fahrt zu dem großen Jahrmarkt sah nicht nach einer Sehnsuchtsaktion, sondern nach Pflichtübung aus.

„Scheiß drauf, Florian, dafür ist das Wetter totgeil!"

Sie streckte ihre Arme in die Höhe und reckte sich...

„...lass uns diese Fahrt einfach genießen. Hey, Florian... es ist schön, mit dir unterwegs zu sein..."

Ich musste schlucken, plötzlich wurde mir schmerzlich bewusst, dass ich wünschte, nicht in Bremen anzukommen, ich wollte unterwegs sein... diese fortwährenden Blicke, diese geradezu kriminell berauschende Frühlingsluft...

Vielleicht könnte man ja mal wieder eine kleine Pause einlegen, das Hinweisschild auf den nächsten Parkplatz war gerade an uns vorbeigezischt.

„Was hältst du von einer kurzen Pause?"

Alicia lächelte ein Ja!

Ich parkte den Wagen quer über drei Autostellplätze und lehnte mich in den Fahrersitz zurück, meinen Kopf für den Moment im Nacken ruhend, die Augen geschlossen.

Plötzlich spürte ich, wie Alicia sich bei mir anlehnte, sich in eine Umarmung hineinrobbte; ihr Kopf lag an meiner Brust. Ich roch den Frühling in ihrem Haar.

Vorsichtig suchte ich sie zu halten, meine Hände tasteten sich möglichst unverfänglich um sie, vielleicht sollte das auch ein wenig Streicheln sein... aber bloß nicht zu eindeutig! Ich hatte Angst, einen gewaltigen Fehler zu begehen... Sie hätte mein rasendes Herz spüren müssen; außerdem musste ich aufgeregt mehrmals schlucken.

In mir rangen zwei gegensätzliche Empfindungen: einerseits wünschte ich mir nichts sehnlicher, als dass sie ihr Gesicht heben und mich dann auf den Mund küssen würde, andererseits hätte ich kotzen können vor schlechtem Gewissen. Obwohl ich damals in keiner Weise als gläubig zu bezeichnen war, begriff ich sofort, wie man sich fühlt, wenn einem das Gebot: du sollst nicht begehren deines Nächsten Weib... etwas sagt.

Kaum merklich schmiegte Alicia ihren Kopf noch enger an meine Brust, wie ein hilfloses Wesen, das Schutz sucht. Dann richtete sie sich auf, blitzte mich mit ihren Augen an, sagte halblaut:

„Ach, du mein Lieber, Lieber, Lieber..."

...und umschlang mich fest, sodass wir Wange an Wange lagen; sie drückte mich mehrmals, genauso wie Verliebte den Wogen ihres heißen Gefühles nachgeben.

All das sprach eine so deutliche Sprache, und doch zweifelte ich; man hätte mir tausend „eindeutige Beweise" direkt vor die Füße legen können, aus denen gesprochen hätte, dass Alicia in mich verliebt war, trotzdem bliebe ich dabei, dass etwas so Absurdes niemals passieren könnte.

Kurz darauf folgte ein solcher Beweis: Sie blickte mir einen Moment tief in die Augen, dann tupfte sie mir plötzlich einen zarten, flüchtigen Kuss auf meinen Mund. Sie hatte mich auf den Mund geküsst, sonst... zur Begrüßung und zum Abschied war das Wangenküsschen schon selbstverständlich... jetzt war eine Grenze überschritten.

Ich wich einen hundertstel Millimeter zurück und sah Alicia an. Sie lächelte frei, legte ihre Hand an meine Wange und hielt mich.

„Hey, Lieber, was guckst du so?" -

„Ich... ich versteh' im Moment nicht ganz..."

Ihr Mund ließ das Lächeln für einen Moment hinter einer Wolke verschwinden, dann schien es wieder wie hellster Sonnenschein.

„Hey, mein Lieber... ich fühl' mich wohl bei dir... möchtest du, dass wir uns noch mal küssen?"

Mein Schlucken schlug durch bis in den Magen. Mir wurde schwindelig, ein Gefühl von Ohnmacht und sich Treibenlassen, wie ich es bisher nur in nächtlichen Träumen erlebt hatte. Da war kein Wille mehr dafür und kein Widerstand dagegen, es passierte einfach.

Nach dem dritten, dem vierten Kuss und unter heftigem Atmen murmelte ich:

„Was ist mit Marvin... ich verstehe immer noch nicht..."

Alicia lächelte irgendwie, aber irgendwie zuckten ihre Lippen auch in eine neue Haltung hinein, so, wie sich andere verlegen auf die Unterlippe beißen würden.

Dann wieder ein „Hurra-ich-hab's"-Lächeln:

„Ist doch egal. Hey, wir sind jetzt hier, und hier passiert etwas... etwas Neues."

Immer noch glaubte ich dem nicht, was zu mir sprach. Die Küsse waren bei aller Zärtlichkeit ja auch ganz trocken und von flüchtigem Charakter. Vielleicht hatte unsere Freundschaft nur eine höhere Ebene erreicht, vielleicht wäre alle Interpretation ins Leidenschaftliche, Verliebte ein großes Missverständnis mit fatalen Folgen, wenn man sich treiben lassen würde.

„Der Frühling schlägt mal wieder zu..." sprach sie so betont sich selbst vor, dass es nur für mich bestimmt sein konnte... und wieder schwang in ihrer Stimme der Aufforderungscharakter mit.

Mir schwirrte der Kopf; ich wollte jetzt endlich das dünne Seil, an dem ich mit letzter Kraft hing, und das sich bereits in meine Finger einschnitt, loslassen können. Egal, was vernünftig und logisch ist! Das andere ist sowieso stärker!

Mitfühlende Zeitgenossen hätten mir die Tapferkeitsmedaille verleihen müssen, denn entgegen aller Naturgewalten blieb ich an meinem Seil hängen... ja, mehr noch, ich packte es jetzt auch mit der anderen Hand und fand so größeren Halt.

Als Alicia mich ein weitrs Mal küsste, und ihre Lippen sich mittlerweile sogar seidig-feucht anfühlten, blieben meine Lippen starr, entgegneten diesem Kuss nicht mehr.

„Wollen wir jetzt weiter?" fragte Alicia plötzlich und war bemüht, sich nichts Ungewöhnliches anmerken zu lassen.

„Sag mal, Alicia, kannst du fahren... ich... ich kann im Moment nicht... bin ein bisschen... ich weiß auch nicht."

Alicia lächelte, ein wenig Triumphieren blitzte darin auf. Wir wechselten die Seiten und starteten durch, um ohne weitere Pausen bis direkt nach Bremen durchzufahren.

Ein Hammergefährt, was sich nicht allein auf den hammerharten Schwung dieses Karussells sondern auch auf seine Form bezieht, lockte aus den unterschiedlichen Gassen, aus Fahrgeschäften und Süßigkeitenbuden Menschen an; selbst beim Zusehen riss der Schwung noch durch den Magen.

Aber vielmehr noch versammelte sich eine beachtliche Menschentraube vor diesem Karussell, weil der pausenlos redende Animateur mit seinem Mikrofon die Menschenmenge erheiterte, richtig zum Lachen brachte. Man blieb stehen, um sich über die vielen Witze und Albereien zu amüsieren.

Marvin saß in einem kleinen Glashäuschen, legte Schallplatten auf, fuhr alle Augenblicke die Musik herunter und riss das Mikrofon vor seinen Mund:

„Meine Damen und Herren, liebe Leute, kommen Sie und stürzen Sie sich kopfüber ins Vergnügen. Jawohl, auch Sie sind gemeint, Sie da mit den enormen Henkeln am Kopf... ach, das sind Ohren... na, das nenn' ich aber tellerhaften Wuchs. Was zahlt man eigentlich für so 'ne Schönheitsoperation... ist das jetzt das Modell afrikanischer oder indischer Elefant... Ich meine, selbst als Baby hätte man bei der Entbindung ja schon hängen bleiben müssen... Empfangen Sie bei den Satellitenschüsseln Signale von Außerirdischen?. Ich will Ihnen dabei nicht zu nahe treten... immerhin können sich Ihre Kinder an langen Winterabenden in Ihre Ohrmuscheln hineinkuscheln. Sozusagen Ohrensessel... Sie können natürlich auch hier bei uns einsteigen und kurz bevor es oben über Kopf geht, rausspringen und wie Dumbo losfliegen.

Aber auch für alle anderen heißt es jetzt, einsteigen, mitfahren, loskotzen... äh... ich meine natürlich Spaß haben mit unseren Permanent-Loopings. Brillenträger, kleistert eure Brillen zu mit der Erbsensuppe von heute Mittag, steigt ein, habt Spaß und fliegt mit! Wer hier heil rauskommt, kann sich schnurstracks bei der NASA melden.

Und das alte Mütterchen dort, das vorbeiwackelt, als würde es gar nicht glauben, dass ich sie meine... steigen Sie zu, gute Frau und starten Sie mit Lichtgeschwindigkeit. Noch am Boden wird Ihren das Gebiss aus dem Mund gerissen, und wenn Sie dann bei unserer Hammer-Pendelbewegung wieder unten sind, saugt sich das von ganz allein wieder auf den Kieferknochen fest!

Kommt näher, kauft euch Chips und fahrt mit; so etwas wie dieses Karussell ist einmalig, Mädchen, wenn ihr meint, euer Freund kann gut küssen, dann steigt ein und testet dieses Feeling. Wenn ihr danach wieder aussteigt, entsorgt ihr euren Freund als Sondermüll. Also, auf zur nächsten Runde... bitte einsteigen, wir starten in Kürze..."

Wenn auch nicht wörtlich verbürgt, so in etwa sprudelten jedenfalls die Worte aus Marvin heraus, und nur er wusste, wie viel er spontan produzierte, und was alles zurechtgelegte Witze und Albereien waren. Das ist auch zweitrangig, wichtig ist, dass er mit einer unglaublichen Leichtigkeit und Lebendigkeit diese Nummern brachte, und dass sein Publikum nicht -wie bei manch anderen Fahrgeschäften- milde schmunzelte oder mal kurz und trocken auflachte, sondern, dass eine Beziehung da zu sein schien zwischen dem Komiker und seinem festen Publikum.

Ein Junge, vielleicht vierzehn Jahre, lief aufgeregt an Alicia und mir vorbei und sagte zu seinem Kumpel:

„Hey, lass uns mal zu dem Teil hin, der Typ da... der ist voll zum lachen, Mann!"

Es dauerte eine Weile bis Marvin uns in der Menschenmenge vor seinem Glashäuschen entdeckt hatte; er grinste breit und zog das Mikrofon zu sich heran:

„Was sehen meine Augen da... das schönste Paar seit Pat und Pattachon... direkt aus den südlichen Gefilden unserer Republik eingeflogen. Na, lange Reise gehabt... fahrt einmal bei uns mit, und euch geht es dann so, wie ihr jetzt schon ausseht! Flori, du speziell siehst aus, als hättest du im Bordell die Zeche geprellt, nein, du siehst aus wie 'n Zwölfjähriger nach seiner ersten Zigarette auf Lunge.... Jetzt mal im Ernst, du brauchst dringend ein Malzbier, um wieder fit zu werden. Und meine große Sandkastenliebe Alicia... strahlt wie immer... Schön, dass ihr endlich da seid!"

Wenig später kletterte Marvin aus seinem Häuschen; Alicia wollte ihm schon in die Arme stürzen, doch mein Bruder ließ sie links stehen und kam erst einmal auf mich zu:

„Ladys first... hey Flori, grüß dich... Ich freu' mich wirklich, dass ihr da seid...''

Alicia sah ein wenig vor den Kopf gestoßen aus. Sie hatte die Arme wieder gesenkt und ihr Lächeln reduziert. Während Marvin mich in die Arme nahm und drückte, konnte ich Alicia über Marvins Schulter hinweg anblicken. In ihrem Gesicht spielte sich ein Film ab: Zuerst die Freude, am eigentlichen Ziel, nämlich bei Marvin zu sein, dann Enttäuschung, so kalt auflaufen gelassen zu werden, dann die Frage, warum einem diese kleine, formale Lappalie eigentlich so zusetzt, dann der Ausdruck: Ich bin sowieso sauer auf dich, weil du dich quasi von mir und deiner Familie so aus dem Staub gemacht hast, und ich dir nun Hunderte von Kilometern nachreisen muss! Und schließlich: Hey, Scheißkerl, nimm mich sofort in den Arm!

Als Marvin mich aus seiner Umarmung entlassen hatte, brachte er sich vornehm-steif wie ein Graf vor Alicia in Position und bot eine trockene Umarmung an. Alicia setzte einen Schritt vor, legte ihren Kopf an seine Brust und wandte den Blick ab.

„Hey, bist du sauer auf mich, mein süßes Alicia-Schätzchen? Ich freue mich, dass du da bist. Vor allem freut mich, dass du nicht allein gekommen bist... hast deine schönen, runden Brüste mitgebracht... find' ich echt klasse!" -

„Hör doch mal auf mit deinen Witzen..."

Alicia wollte ihr Wütendsein noch ein bisschen weiter zur Schau tragen, doch ihr zumindest halbherziges Lachen machte alles kaputt:

„Du bist ein Idiot, Marvin... hey, schön dich wieder zu sehen... ich liebe dich."

Alicia blickte auf und lächelte.

Marvin küsste sie, zuerst gräflich, bald aber verwandelte sich der Graf langsam zu einem erotomanen Stahlarbeiter. Irgendwann sah ich dann auch diskret weg. Und schon prangte das „Siehste!" in großen Leuchtbuchstaben direkt vor mir.

Alicia fest im Arm haltend legte Marvin plötzlich seine Hand an meine Schulter und sah mich um freundschaftliches Verständnis bittend an:

„Sag mal, Flori, macht es dir was aus, dass du mal zwanzig Minuten, bis 'ne halbe Stunde allein hier über den Jahrmarkt latscht. Dann verpieseln Alicia und ich uns mal schnell im Wohnwagen, ja?" -

„Klar... kein Problem!" log ich.

Zwischen bunten Lichtern, süßen bis deftigen Gerüchen, lauter Musik, die unterschiedlich aus allen möglichen Richtungen dröhnte und all den vielen amüsiergeilen Menschen schlurfte ich Schritt vor Schritt über das Kopfstein und fühlte mich allein, wie nachts im Regen und unter klagenden Saxofonklängen.

Nicht für eine Sekunde kam mir der Gedanke, Alicia hätte mit mir ein falsches Spiel getrieben, vielmehr klopfte ich mir selbst auf die Finger, dass ich fast Gefahr gelaufen wäre, gewisse Anzeichen falsch zu deuten. Zum Glück hatte ich mich nicht bloßgestellt und damit vielleicht sogar unsere Freundschaft gefährdet.

Nach einer ewig langen halben Stunde fand ich mich wieder an Marvins Karusselll ein, ich hatte dummerweise nicht darauf geachtet, in welchem Wohnwagen meine beiden liebsten Freunde verschwunden waren. Da an diesem Karusselll seit längerem nur noch Musik gespielt wurde, hatte sich die Menschentraube längst aufgelöst; bloß noch Vereinzelte blieben stehen und sahen den Loopings zu.

Ich wartete weitere fünf Minuten mit der gefühlten Zeit von etwa einer Stunde, dann kamen die beiden zwischen Wohnwagen auf mich zu, grinsend und mit eigenartig federndem Gang.

„Da bist du ja endlich, Flori... wo hast du dich denn so lange rumgetrieben?"

Marvins Grinsen wurde zur Hängebrücke zwischen seinen Ohren.

„Witzig... so, was machen wir nun?" -

„Also, wenn du nichts dagegen hast, dann würden Alicia und ich gerne noch mal so zwanzig Minuten, vielleicht 'ne halbe Stunde abtauchen in meinem Wohnwagen."

Alicia boxte Marvin zärtlich in die Seite:

„Hey, du bist frech... Florian, komm wir ziehen hier durch die Gemeinde und schauen uns Bremen an. Ja?" -

„Nehmt ihr mich mit... als Reiseführer sozusagen. Ich kenn' mich hier mittlerweile sehr gut aus. Jedenfalls kenne ich den Weg von der Osterwiese zum Erotikcenter in- und auswendig" sagte Marvin und lief bereits voran.

Auf unserer Abend- und Nachttour durch die Stadt waren wir drei Freunde, ich fühlte mich keinen Augenblick mehr am Rande oder, für die Dauer eines Kusses, überflüssig. Wir gingen miteinander um wie drei Geschwister, drei beste Freunde oder drei ineinander Verliebte... es war schön!

Marvin steigerte sich in seinem Witzigsein immer weiter, mir tat der Bauch weh vor lachen und auch Alicia kullerten die Tränen...

Durch dunkle Seitenstraßen zogen wir Arm in Arm in Arm und lachten selbst dann zusammen, wenn wir gerade mal nicht lachten - eine elektrisierende Stimmung...

Spätnachts brachte Marvin uns zu unserer Pension, ganz in der Nähe des Jahrmarktes, wünschte mir mit einer innigen Umarmung und Alicia mit einem langen, schnurgeraden Kuss eine Gute Nacht und tänzelte, leise vor sich hersingend, seiner Wege.

Unser Doppelzimmer wies unverfänglicherweise zwei getrennt voneinander stehende Betten auf. Ich putzte nur meine Zähne und wusch mir die Hände.

Alicia verschwand für eine ganze Weile hinter einer Art Spanischer Wand zum Waschbecken.

Ich lag schon pyjamafertig im Bett und wartete darauf, dass Alicia das Licht ausschalten würde. Als sie fertig war und zu ihrem Bett huschte, sah ich für eine Sekunde ihren nackten Oberkörper. Das reichte, um ordentlich erregt einschlafen zu dürfen. Auch unsere kurze Unterhaltung vor dem Gute-Nacht-Sagen brachte mich kaum wieder herunter:

„Florian, wie geht's dir im Moment?" -

„Klar, danke... ganz gut... das war echt ein schöner Tag. Ich hab' mich gefreut, Marvin wieder zu sehen. Außerdem fand ich unsere Herfahrt ganz toll." -

„Ich auch!" -

„Das Licht ist ja noch an, Florian, machst du das bitte aus?" -

„Wenn's sein muss... ich meine, ich hab nichts dagegen, dass du noch mal aufstehst und zum Lichtschalter läufst. Hehe..." -

„Das könnt' dir so passen... ich hab längst mein Oberteil an." -

„Na, dann kann ich ja auch gehen..." -

„Gute Nacht, mein Lieber." -

„Gute Nacht, Alicia."

Ich knipste das Licht aus und lag noch viel zu lange allein wach...

Am nächsten Morgen weckte mich eine fertig angekleidete Alicia mit einem Schulterstreicheln:

„Guten Morgen, Lieber, wir sind in fünfzehn Minuten mit deinem Bruder unten im Frühstücksraum verabredet. Und danach haben wir noch 'ne lange Fahrt vor uns." -

„Nett, dich wieder zu sehen... ich hab' gerade von dir geträumt..." -

„Hoffentlich das Richtige, hehe!"

Wenig später genossen wir Drei das feudalste Frühstück meines Lebens. Marvin war seltsam reserviert. Nach einer für seine Verhältnisse langen Schweigepause schlug er plötzlich vor:

„Und was ist, wenn ich für die nächste Nacht euer Zimmer bezahlen würde... bleibt ihr dann noch?" -

„Witzig, Marvin, ich muss morgen früh wieder in der Boutique sein. Ein bisschen Geld verdienen..." entgegnete Alicia grinsend und besiegelte das mit einem flüchtigen Kuss.

„Wann wirst du wieder zurückkommen... ich meine, wie lange willst du noch als Vagabund durch die Lande ziehen und den Laberhannes machen? Auf die Dauer ist das nämlich ganz schön nervig, dich dann mal vor die Nase zu kriegen. Außerdem kannst du bei dem Job bestimmt nicht reich und berühmt werden." maulte ich ein wenig unbequem.

„Komm, stell dich nicht so an, erstens bin ich bereits reich und berühmt, zweitens ist Jahrmarkt bekanntlich die Schule des Lebens und drittens: mach dich rar und selten, dann wirste was gelten..." -

„Auch nicht ewig..." sagte daraufhin Alicia impulsiv; sie versuchte ein entkräftendes Lächeln anzuschließen, doch über Marvins Gesicht wehte bereits ein Hauch von Beunruhigung.

„Bevor ich dann bei euch ganz in Vergessenheit gerate, werde ich sicherlich noch mal 'ne Ansichtskarte schicken. Ist das okay?" -

„Hey, mein Süßer... ist alles in Ordnung... liebe dich..." schloss Alicia mit zärtlicher Stimme an.

Ich packte das Auto, nahm meinen Bruder fest und lange in den Arm, murmelte ihm ein:

„Bis ganz bald, ja!"

... ins Ohr und stieg hinter das Steuer. Ich wollte es nicht tun, doch das Schwein in mir war stärker: ich spannte in den Rückspiegel, um Alicias Verabschiedung von Marvin minuziös beobachten zu können. Vielleicht zeigte das, wie es um Alicia und Marvin stand. Irgendwie erschrak ich über mich selbst. Was soll das denn jetzt, nachdem das alles gestern noch so mühsam in einen für alle akzeptablen Rahmen zurückgedrückt worden war. Dieser verfluchte Traum... dachte ich plötzlich, gestern war ich noch schwärmerisch und irgendwie berauscht von der ganzen erotischen Spannung zwischen uns, zumindest auf der Hinfahrt... und nach zwischen uns, zumindest auf der Hinfahrt... und nach dieser Nacht dann plötzlich ein klares, schmerzendes Gefühl. Ich hatte mich tatsächlich und gewaltig in Alicia verliebt. Und das machte mich richtig wütend. Das kann ich nicht brauchen... das kann im Moment keiner von uns brauchen!

...vielleicht aber, wenn es zwischen Alicia und Marvin zerbricht... Innerlich ohrfeigte ich das Schwein in mir. Empört auf der einen Seite... dann aber wieder zufrieden grinsend und anerkennend nickend: Das wäre auf der anderen Seite endlich mal die rauschende Erfüllung meiner Sehnsüchte. Wenn die beiden irgendwann nicht mehr zusammen sind...

Sie standen schmal voreinander; Alicia verschränkte die Arme vor ihrem Oberkörper, Marvin hatte sie umschlossen. Mehrfach blickte Alicia auf in seine Augen, mehrfach blickte sie aber auch wieder zu Boden und sah dann in sich gekehrt aus. Marvin küsste sie auf die Stirn und sprach zärtlich mit ihr. Alicia lächelte etwas betrübt. Zärtlich strich sein Finger ihre Wange entlang; ein wenig schmiegte sich Alicia in dieses Streicheln hinein, auch wenn sie gerade sehr traurig aussah. Dann schlossen sich ihre Arme um ihn, drückten ihn fest. Sie küssten sich einmal leidenschaftlich, hielten sich beim Auseinandergehen noch an beiden Händen fest, - ich sah Marvin ein „Ich liebe dich!" sprechen und Alicia nicken. Dann beugte Marvin sich noch einmal vor, küsste sie flüchtig auf die Wange und winkte ihr, winkte mir, winkte uns zu... Alicia stieg ein; ich ließ keine Zeit verstreichen, startete den Wagen, hupte einmal und fuhr los.

Nach einigen Kilometern murmelte Alicia plötzlich:

„Na ja... ich hab irgendwie das Gefühl, das jetzt war der Anfang vom Ende... Scheiße!"

Ich schreckte auf.

„Spinnst du... was soll denn das heißen." -

„Ach, ich weiß auch nicht... wahrscheinlich gar nichts... vergessen wir's!" -

„Hey, bist du nicht gut drauf?" -

„Doch, im Grunde schon. Ich hatte nur gerade so 'n komisches

Gefühl. Ach egal! Im Grunde ist alles in Ordnung, es dauert kein halbes Jahr mehr, dann kommt Marvin wieder ganz zurück... er hat mir gesagt, dass er nur diese Saison macht. Das heißt, ich hab' ihm das als Versprechen abgenommen. Irgendwie finde ich es beschissen, dass ich meinen Freund so selten sehe..." -
„Kann ich verstehen... mir geht das auch so, dass ich Marvin ganz schön vermisse. War 'ne blöde Idee mit diesem Karusselll-Job." -
„Ja, was soll's, ich halte die paar Monate jetzt aus... und damit gut!"
Wir schwiegen eine Weile, dann blickte mich Alicia plötzlich mit einem befreiten Lächeln, dem Sonnenschein nach einem kurzen Gewitter, an und sagte:
„Hey, Lieber, wir zwei sind tolle Freunde. Mir macht das Spaß mit dir... Von mir aus könnten wir in Italien wohnen... dann wäre wenigstens die Fahrt noch etwas länger."
Die gesamte Rückfahrt war schön, vertraut und entspannt und gar nicht mehr so aufgeheizt wie unser Zusammensein auf der Hinfahrt. Und das war auch gut so.
In den nächsten Wochen und Monaten sah ich Alicia sehr häufig, so häufig wie man sich mit seinem besten Freund trifft.
Zur Begrüßung, zum Abschied... und auch zwischendurch, wenn es der Stimmung entsprach, küssten wir uns flüchtig auf den Mund... und immer dann, wenn ich mit meinen Küssen nach etwas mehr verlangte, mahnte mich Alicia mit winzigen Gesten oder mit: „Hey, nicht so weit."
Meinen zarten Versuchen, unsere neugesteckte Grenze ein wenig zu überschreiten, begegnete sie mit jener liebevollen Art, wie man einem jungen Hund amüsiert und gerührt, aber auch bestimmt das Anspringen unterbindet. Alicia mochte es die ganze Zeit geahnt oder gespürt haben, trotzdem gestand ich ihr meine Liebe mit keinem Wort.
Das knappe halbe Jahr war verstrichen, und Marvin kehrte zu uns zurück, mit einem stolzen Batzen Geldscheine, den er angespart hatte.
Etwa zwei Wochen nach Marvins Rückkehr wurde ich von beiden

zum Essen eingeladen in ein Restaurant, wo man an diesem Spätsommerabend noch draußen sitzen konnte.

Alicia und Marvin saßen schon an einem der Gartentische. Beide
lächelten mir ein Willkommen zu. Über uns der klarblaue Abend-
himmel. Zwischen uns eine entspannte, sonnige, Atmosphäre. Eine
etwas dunklere Wolke zog plötzlich am Himmel auf.

„Du nimmst ein Wasser, Alicia, oder?"

Alicia blickt Marvin lange mit eingefrorenem Lächeln an:

„Nein, falls es dir noch nicht aufgefallen ist, ich hasse Wasser im
Restaurant. Entweder ein Bier oder eine Cola. Wie oft gehen wir
eigentlich zusammen essen?" -

„Zuletzt im Jahre Achtzehnhundertsiebenundfünfzig - soweit ich
mich erinnern kann. Du hast Recht, es wurde auch mal wieder
Zeit." -

„Hey, lass doch einmal deine völlig bescheuerten Witze, die gehen
mir sowas von auf'n Sack! Was bist du eigentlich für'n Idiot."

Dann wandte sich Alicia mir zu:

„...'tschuldige, Florian, ich glaub' ich hab' heute keinen guten Tag
erwischt. Ist auch schon wieder okay. Ich musste nur mal eben
Dampf ablassen! Jetzt geht's auch wieder." -

Ich wollte aufstehen, die Beiden sich selbst überlassen und zusehen, noch vor dem Gewitter nach Hause zu kommen, doch ich saß
da wie gelähmt. Ein böses Gefühl umkrampfte mein Herz. Jetzt
aufstehen und einfach weggehen sähe ebenso unpassend aus wie
einfach dösig sitzen zu bleiben. Ich wusste nicht, was ich tun sollte.

„Aliciaschatz, du bekommst jetzt ein Bier und eine Cola. Na, ist
das was?" -

„Scheiß auf Aliciaschatz... ich mag es nicht, wenn du mich so
nennst. Und weißt du was, es war verdammt nochmal ein ganz
übles halbes Jahr, was du mir eingebrockt hast, einfach vor mir
abzuhauen." -

„Bleib doch mal lässig... ich bin überhaupt nicht vor dir abgehau-
en. Ich musste nur für mich selbst mal wieder was Neues machen." -

104

„Ganze sieben Tage haben wir uns in diesem verschissenen halben Jahr gesehen. Tolle Beziehung. Du düst einfach ab und lässt mich hier allein. Wie es mir dabei geht, ist dir scheißegal..." -

„Nein, das stimmt nicht, das ist mir überhaupt nicht egal. Trotzdem, ich hätte diese Nummer um jeden Preis durchgezogen. Ich musste einfach." -

„Hör doch auf, dir ist doch völlig egal, was aus mir wird, sieben mal haben wir uns gesehen, deine Post ist an zwei Händen abzuzählen und deine Anrufe waren auch nicht gerade sonderlich herzlich. Ich weiß gar nicht, was mich die ganze Zeit hat durchhalten lassen. Und jetzt bist du wieder da, aber es ist schon seit Tagen immer das Gleiche... es ist, als wärst du immer noch weg. Ich bin dir scheißegal!"

Tränen der Wut und Verzweiflung sammelten sich in ihren Augen, ihre Stimme wurde langsam brüchig, sie ballte ihre Hände zu Fäusten; ich konnte förmlich mitfühlen, wie ihre Fingernägel in die Handballen schnitten.

„Komm mal langsam runter, Süße... du bist ja wirklich scheiße drauf." -

„Ich komm überhaupt nicht mehr runter. Ich frage mich, warum ich dich nicht betrogen habe in der Zeit... das wäre dir doch auch egal gewesen... und verdammt nochmal, genug Gelegenheiten hätte ich gehabt. Jeder geile Bock in der Stadt wäre herzlicher zu mir gewesen, als du..." -

„Also, noch mal zum Mitschreiben... das wäre mir nicht egal. Absolut nicht, trotzdem wäre es in Ordnung gewesen, wenn du es gemacht hättest. Du bist alleine groß und solltest selbstständig zusehen, zu deinem Recht zu kommen." -

„Du Schwein, du altes, dreckiges Schwein... das kannst du nicht ernst meinen, sonst bist du das verlogenste, beschissenste und zynischste Dreckschwein, das ich kenne." -

„Ich schlage vor, wir beenden diesen reizenden Abend an dieser Stelle... nachher sinkt noch die Stimmung." -

„So, jetzt ist es so weit! Hör' mir gut zu, Marvin, ich trenne mich von dir. Ich habe mich schon vor einigen Tagen entschieden... und fast jeden Tag des letzten halben Jahres darüber nachgedacht. Mein Entschluss ist endgültig. Und es tut mir Leid, Florian, dass dies alles in deinem Beisein ausgetragen werden muss." -

„Hey, Alicia, nun bitte etwas langsamer. Das wär' ziemlich heftig, wenn du mich wirklich verlässt. Ich liebe dich nämlich so dermaßen und so intensiv und ich weiß nicht was... ach, das wär' einfach Kacke, wenn du gehst... ich... ich brauch' dich wirklich. Ganz bestimmt. Das ist jetzt kein Flachs... Ich bin erst seit ein paar Tagen wieder ganz zurück. Und irgendwie weiß ich auch, dass die Nummer mit dem Karussell Scheiße für dich war. Nun gib uns beiden doch die Chance, dass wir vernünftig was gemeinsames aufbauen. Wir können uns jetzt endlich 'ne Wohnung nehmen... lass uns wegfahren, so richtig geil in den Süden, ja?" -

„Versuch's gar nicht erst, Marvin. Die letzten Tage haben mir gereicht, mich wie angepisste Luft zu fühlen. Damit ist jetzt Schluss. Jeder Penner, der nur mit mir ins Bett will, ist liebevoller zu mir als du." -

„Jetzt hör aber auf, ich kann den ganzen K,ram nicht mehr hören. Ich habe mich bescheuert aufgeführt... dafür ein von Herzen kommendes Entschuldigung, aber jetzt gehe auch du mit mir vernünftig um..."

So laut und ernst und zornig hatte ich meinen Bruder seit Jahren nicht mehr erlebt. Innerlich weinte ich, weil ich nachempfinden konnte, wie schlimm es ihm jetzt gehen musste.

„Vernünftig umgehen, genau das ist doch ein Fremdwort für dich." -

„Da hast du aber auch Recht. Vernunft ist zum Glück nicht meine Stärke." konterte Marvin plötzlich wieder in seiner gewissen Form von Gelassenheit.

„Und um es ganz klar und unmissverständlich und hier vor deinem Bruder als Zeugen zu sagen: Ich will dich nie! nie! nie! wieder sehen. Keinen Wir-können-ja-noch-Freunde-bleiben-Quatsch oder diesen ganzen Scheiß. Es ist endgültig aus, und ich erwarte, ich verlange von dir, dass du die paar Sachen von mir, die noch bei euch liegen, mit der Post zu meinen Eltern schickst. Ist das klar?" -

„Du hast ja deutsch gesprochen. Nachteilig ist nur das viele Porto für das Paket! Aber bitte... dein Wunsch ist mir Befehl." -

Alicia brach weinend zusammen; meine tröstend gemeinte Hand auf ihrer Schulter schüttelte sie mit einem Zucken ab. Einen langen wortlosen Moment weinte sie, dann erhob sie sich, beugte sich kraftlos zu einer halbherzigen Umarmung zu mir herab, murmelte mir ein:

„Mach's gut, Florian.. es tut mir Leid..." zu und lief mit eiligen, stolpernden Schritten fort.

Marvin blickte ihr nach, murmelte „Oh nein..." und stützte seinen Kopf auf.

„Was war denn überhaupt alles los?" traute ich mich vorsichtig an die ersten Worte.

„Oh Mann, ich weiß es auch nicht. Ich weiß nur, dass ich gleich eimerweise kotzen muss..."

Ich legte meine Hand auf seine, die seinen Kopf abstützte und merkte, wie unsagbar schwer sein Kopf plötzlich war. Während sich in meinen Augen das Wasser sammelte, bemühte sich Marvin um ein Grinsen, vielleicht auch ein Lächeln:

„Na ja, der Vorteil liegt auf der Hand, Alicia hat jetzt die Möglichkeit, endlich glücklich zu werden... mit uns hätte sie das sicherlich zu viel Mühe gekostet... und außerdem soll man ja solch eine Trennung auch immer als Chance begreifen, mal wieder was in seinem Leben chic zu verändern. Bäh, schmeckt das Ganze bitter... ich glaub' ich muss mir jetzt 'ne Cola bestellen. Was nimmst du?"

Goldener Herbst, bunter Herbst... was auch immer, ich fühlte mich auf jeden Fall nach regnerischem Herbst, voller Melancholie und unterschwelliger Traurigkeit. Ich will nicht ungerecht sein, aber irgendwie war ich sicher, dass ich bedeutend mehr unter der Trennung von Alicia und Marvin litt als mein Bruder selbst.

Es war tatsächlich so gekommen, Alicia verschwand an jenem Spätsommerabend aus unserem Leben; Marvin hatte nur noch ein Paket mit ihren Sachen gepackt und zur Post gebracht. Als er von diesem Weg zurückkam, sagte er:

„So, damit ist es offiziell. Alicia und ich sind definitiv nicht mehr zusammen."

Ich hätte losheulen können... und Marvin grinste nur etwas verbittert!

Das Fatale war jedoch, meine Liebe zu Alicia nahm um keinen Deut ab. Ihr Bruch mit Marvin war endgültig und das schloss dramatischerweise mich mit ein. Sie rief auch mich nicht mehr an, und als ich einmal wagte, mich bei ihren Eltern zu melden, hatte ich das sichere Gefühl, sie lasse sich verleugnen.

Ich konnte nachvollziehen, dass sie sich -selbst wenn sie es wollte- nicht auf mich hätte einlassen können. Dann müsste sie unweigerlich Marvin wieder begegnen. Die Situation war zum Verzweifeln. Mein Herz zeigte sich zu allem Überdruss uneinsichtig und ließ mein Gefühl für sie nur noch intensiver und leidenschaftlicher werden... bei allem Schmerz.

Und auch, als ich später mit Amelie zusammen war, meiner ersten richtigen Freundin, die ich aufrichtig liebte, schwebte doch die ganze Zeit meine Liebe zu Alicia als unerreichbare Sehnsucht, als reines, beglückendes Ideal über uns. Ich konnte mich auf Amelie nicht so innig und ausschließlich einlassen, wie sie es verdient hätte. Alicia blieb mein unausgesprochenes Geheimnis... nicht einmal Marvin wusste von meiner Liebe zu ihr.

Es ist verrückt und schädlich und... ich weiß nicht, was noch alles... aber tatsächlich bis zum heutigen Tag, bis zu dem Moment, wo ich diese Zeilen hier aufs Papier bringe, hat sich meine Liebe zu Alicia in mir bewahrt. Wenn Alicia jetzt zur Tür hereinspaziert käme, ich könnte gar nicht zögern, sondern würde sie sofort liebend in die Arme schließen.

Amelie lernte ich während meines Sozialpädagogik-Studiums kennen. Wir saßen in zwei Lehrveranstaltungen zusammen, und einmal fragte sie mich, ob ich mir vorstellen könnte, mit ihr zusammen einen Leistungsschein zu erarbeiten.

Ich war ganz überrascht, Amelie kannte mich gerade mal vom freundlichen Zunicken, wenn sie den Hörsaal betrat, mit Sicherheit wusste sie nicht einmal meinen Namen.

Bei unserem ersten Treffen in ihrer eigenen Wohnung, die nach seltenen Gewürzen roch und mit tausend zueinander recht eigenwillig passenden Gegenständen eingerichtet war, sprachen wir stundenlang bei gemütlichem Tee und Kerzenlicht über alles, nur nicht über den Stoff, der bearbeitet werden sollte. Auch die nächsten Treffen fielen in wissenschaftlicher Hinsicht äußert mager aus.

Bald wusste Amelie über mein Leben so viel wie ich selbst... sie gab für ihr Empfinden auch sehr viel von sich preis. Wir hatten das Gefühl, dass wir uns nach drei Wochen schon ewig lange und gut kannten.

Irgendwann dann, nach einem wirklich schönen, langen Gespräch -bei der Verabschiedung- zog sie mich plötzlich an sich, küsste mich sehr intensiv und zog mich in die Wohnung zurück. Und im stolzen Alter von dreiundzwanzig Jahren verlor ich meine Unschuld.

Amelie war etwa so alt wie ich, ein dunkler Typ, womit ich meine: schwarzbraune, etwa schulterlange Haare und ein sehr dunkler Teint. Ich liebte ihr rundes, munter lachendes Gesicht, ihre tiefbraunen Augen, die samtweich blicken konnten und ihre unvoreingenommene, in keiner Weise gezierte Art, die nie burschikos wirkte, sondern immer etwas Liebliches hatte.

Wir verbrachten eine wundervolle Zeit zusammen, und ich glaube, ich wäre mit ihr restlos glücklich geworden, wenn nicht Alicia immer noch im Hintergrund geschwebt hätte. Ich glaube, wenn mir in der Zeit Alicia begegnet wäre und mich aufgefordert hätte zu ihr zu kommen, ich hätte auf der Stelle Amelie verraten.

In dieser Zeit kam Marvin an einem Tag grinsend auf mich zu und erklärte mit einem gewissen kindlichen Stolz:

„Du, ich hab' wieder einen neuen Job.... aber nicht schreien, der ist ganz und gar unglaublich bieder und ekelig und moralisch äußert bedenklich. Aber ich bin sicher, er wird mir tierisch Spaß machen..." -

„Nun sag schon... Drogenkurier?" -

„Schlimmer. Ich bin Unterhalter, Conferencier bei Verkaufsfahrten... du weißt schon, mit diesen Bussen. Mein Job ist nur, nett während der Busfahrt zu plaudern... den Verkaufskram übernimmt so'n ganz Schmieriger mit Fetthaarfrisur und Äh-Bäh!" -

„Du weist ja ein ganz außerordentliches Talent auf, dir gepflegte Jobs zu suchen. Na, herzlichen Glückwunsch... jetzt aber mal im Ernst. Amelie und ich sind bei deiner Jungfernfahrt auf jeden Fall dabei... das lassen wir uns nicht entgehen... als deine größten Fans... besorge uns gleich Karten... wenn wir denn nichts kaufen müssen, hehe."

Das Wetter für eine Jungfernfahrt war durchaus akzeptabel, blauer Himmel mit weißen, kleinen Wolkentupfern. Amelie und ich saßen in einem komfortablen Reisebus und waren die Exoten in diesem Publikum, wo Siebzigjährige schon zu den Küken gehörten. Wenn man von uns und den drei Seniorenpaaren im Urgroßelternalter absieht, war dieser Bus fast ausschließlich von allein stehenden Damen ältesten Semesters bevölkert, die für zwanzig Mark in die schönsten Landschaften hinverreist wurden, und die nach Erhalt eines Fresskorbs und einer warmen Mahlzeit im Gasthof einer anderthalbstündigen Verkaufsveranstaltung beiwohnen mussten, um dort zu völlig überteuerten Preisen Heizdecken und Katzenfelle gegen Rheuma abzunehmen. Für zwanzig Mark ein willkommener Ausbruch aus der Rentnertristesse.

„Mal abgesehen von dem langhaarigen Studentenvolk da in der fünften Reihe begrüße ich Sie alle herzlich an Bord der Firma Wymschneider."

Etwa vierzig Straußenhälse -dünn und schrumpelig- und ein Elefantennacken reckten sich uns entgegen, verstanden nach einer Sekunde den frechen Witz und lachten.

„Ich habe gerade ausgerechnet, zusammen bringen wir es auf ein Gesamtalter von etwas über zehntausend Jahre, bei fünfundvierzig anwesenden Personen in diesem Bus macht das ein Durchschnittsalter von etwa zweihundertzweiundzwanzig Jahren... und ich muss ehrlich sagen, sooo alt sieht aber niemand von Ihnen aus."

Schweigen... Überlegen... Lachen!

„Ich danke Ihnen. Kennen Sie das, Sie freuen sich auf den Samstagmorgen, denn da kann man endlich wieder mit ordentlich Seifenlauge den Bürgersteig vor dem Reihenhaus schrubben... ja, so ist das doch... montags sind wir ab Punkt acht Uhr morgens beim Arzt... man hat ja sonst keinen mehr, der einem so nett zuhört und ein bisschen keck an einem herumzupft.

Dienstag wird für die nächste Woche eingekauft; Mittwoch für die übernächste... ja, ich danke Ihnen; Sie sind ein entzückendes Publikum, gestern bin ich vor einem Publikum aufgetreten, das nur unwesentlich jünger als Sie aussah, verehrte Damen und vereinzelte Herren... das war im Mumiensaal der Ausstellung 'Götter und Pharaonen'... oh, das war frech... ich entschuldige mich...

Ihre Empörung ist sehr wohl angebracht, gute Frau. Wo war ich eben stehen geblieben... ach ja, der Donnerstag... donnerstags ist Kränzchentag, neun alte Damen setzen sich um einen Kaffeetisch, reden alle zugleich, hören niemandem zu, und nach zwei Stunden hat trotzdem jeder das Gefühl, einen netten Nachmittag verlebt zu haben.

Freitag ist Hausputz. Man beginnt mit der untersten Stufe... und beim Bücken passiert's, dann kracht es im Rücken, und man kommt nicht mehr hoch... hahaha... das kennen wir ja alle, liebe Damen und... nein, die Herren kennen das nicht, die haben viel zu viel damit zu tun, ihre letzte Unterhose vollzuurinieren... oh ich habe einen Urinwitz gemacht. Dabei hat mein Chef mir noch gesagt, Marvin, lass die Urinwitze. Die gehen ganz schlecht... aber ich sehe, auch die hier anwesenden Herren beweisen köstlichen Humor und feine Selbstironie.

Den Sonntag haben wir noch vergessen, meine sehr verehrten Damen und Herren, am Sonntag kommt die liebe Verwandtschaft, um sich mit Einschleimerei die in Kürze zu erwartende Erbschaft auch moralisch zu erwerben. Da sage noch einer, wir Rentner hätten keine harte Vierzig-Stunden-Woche. Ich komme gleich wieder zu Ihnen ans Mikrofon zurück. Bitte laufen Sie mir bis dahin nicht weg."

Es war unglaublich, je frecher und schamloser Marvin wurde, desto größer wurde die Begeisterung und das von Herzen kommende Lachen. Die im Redefluss wohlplatzierten Pointen, sofern sie denn entdeckt wurden, fanden emsigen, anerkennenden Applaus.

„Ist das nicht ein geiles Publikum," sagte Marvin begeistert, als er zu uns herangekommen war, „...die haben wirklich Humor. Man schätzt das sonst ja gerade bei alten Menschen leicht falsch ein. Wenn es für sie erkennbar wird, dass es herzlich gemeint ist, gehen alte Menschen in ihrer Selbstironie mitunter am allerweitesten. Und wenn bei einer Pointe plötzlich jedem hier das Lachen im Halse stecken bleibt... und nach vier, fünf Sekunden in der vorletzten Reihe dann nur eine alte Oma losprustet, sich auf die Schenkel klopft und laut und schallend lacht, dann ist das wie ein Hauptgewinn."

Eine Frau von kräftiger Statur, die mit dem Elefantennnacken, erhob sich aus den letzten Reihen und wackelte durch den schmalen Gang heran. Marvin nahm an, sie wolle ganz nach vorne zum Busfahrer und mühte sich schon auf meinen Schoß, da platzte aus ihrem fleischigen Gesicht ein goldzahnflankiertes Riesenlächeln heraus. Sie donnerte ihre große Hand auf Marvins Schulter und sagte mit Männerstimme:

„Mein lieber junger Freund... ich will Ihnen mal was sagen... was Sie da vorne so alles von sich gegeben haben, das hat schon seine Wahrheit... das wollen viele von diesen alten Tucken hier nur nicht wahrhaben und lachen trotzdem darüber. Ich wollt' bloß gesagt haben, dass ich es sehr mutig von Ihnen finde, uns alten Schachteln mal so richtig den Marsch zu blasen." -

„Ich danke Ihnen für das freundliche Kompliment, aber ich kann Ihnen da bestenfalls nur tendenziell beipflichten. Was ich hier bringe, ist im Grunde Satire, ansonsten hätten Sie alle guten Grund, mich mit ihren Handtäschchen grün und blau zu prügeln." -

„Lassen Sie's mal gut sein, junger Mann. Ich amüsiere mich jedenfalls königlich..."

Die Dame entfernte sich wieder wackelnden Schrittes zu den hinteren Plätzen.

„Solche wie die meinte ich eben mit dem Hauptgewinn..."

Etwa dreißig Fahrten begleitete Marvin, häufig mit ein- und demselben Programm. Wenn aber Gäste schon zum zweiten, dritten oder wievielten Male auch immer mitfuhren - Marvin hatte ein ausgesprochen gutes Personengedächtnis- dann war er es ihnen schuldig, sie nicht mit einer Wiederholung zu langweilen. In dem Fall konnte er spontan eine völlig neue Nummer bringen.

Ich hatte ihn auf insgesamt sieben seiner Fahrten begleitet, und die spontanen Auftritte waren mindestens ebenso gut, wie die im Vorfeld erarbeiteten und auswendig gelernten.

„Ich brauche den Druck des bekannten Gesichtes im Publikum, dass ich zum Notnagel Improvisation greife, ansonsten verlasse ich mich nur ungern auf meine spontanen Fähigkeiten. Das Zurechtgelegte lässt mich einfach entspannter sein."

Irgendwann saß ein Mann zwischen den heiter-beschwingten Senioren, der aus dem Gesamtbild deutlich herausstach.. und nicht nur, weil er viel jünger war und niemals lachte; dieser Mann würde garantiert keine Heizdecken und Fellchen kaufen...

Als Marvin mal wieder eine Pause einlegte, erhob sich der Mann, zupfte seinen Anzug zurecht und ruckelte an seiner breiten, protzigen Stahlgestell-Brille. Dann setzte er sich neben Marvin und reichte ihm trocken seine Hand:

„Müller mein Name, von der Firma 'Schaufenster - Werbung und Design'. Darf ich Ihnen zunächst mein Kompliment aussprechen: Sie sind in meinen Augen ein großes Komiktalent. Ich wurde auf Ihre Arbeit hier bei den Verkaufsfahrten aufmerksam gemacht...

und hier bin ich nun, um mich selbst und vor Ort von den Ausführungen meiner Mutter zu überzeugen. Ich muss sagen, die Gute hat Recht behalten und nicht übertrieben. Um gleich mit der Tür ins Haus zu fallen, wie das meine Art ist... ich biete Ihnen einen Exklusivvertrag für eine Werbespotreihe, die in verschiedenen Programmen im Fernsehen, vielleicht auch in längerer Version im Kino laufen wird. Der Vertrag kann erst unterschrieben werden, wenn die Probeaufnahmen abgeschlossen und in Rücksprache mit unseren Auftraggebern begutachtet wurden. Ihre Bereitschaft, erst mal überhaupt zu den Probeaufnahmen zu erscheinen, wird mit einer großzügigen Aufwandsentschädigung entlohnt. Ich denke... es wird ein Angebot, das Sie sich mal durch den Kopf gehen lassen sollten. Hier ist meine Karte, ich erwarte bis nächsten Montag Ihren Rückruf. Es hat mich gefreut, Sie kennen gelernt zu haben."

Marvin berichtete später, dass er bis zu jenem Montagmorgen, wo er sich tatsächlich unter der angegebenen Telefonnummer meldete, fest davon ausgegangen war, einen Wichtigtuer und Hochstapler vor sich gehabt zu haben. Diese Zweifel schwanden, als sich eine Sekretärinnenstimme am anderen Ende der Leitung mit:

„Schaufenster - Werbung und Design, mein Name ist Lilo Schröder." meldete.

Und sie waren gänzlich zerstreut, als die Probeaufnahmen „im Kasten" waren und der Vertrag beidseitig unterschrieben vor Marvin auf dem Tisch lag.

Das Konzept des Spots sah vor, Marvin in den unterschiedlichsten Situationen und Szenerien Kaffee kochen und trinken zu lassen; aufgepowert durch den Kaffee nimmt er sofort die Rasanz und Geschicklichkeit einer Zeichentrickmaus an.

„Von der ersten Millisekunde an muss man dir ansehen, dass du hier der komische Vogel bist..." hatte der Produzent gesagt, der bei den Spots zugleich auch Regisseur war, „...ich will, dass du ohne Ende Faxen machst. Jede Bewegung, jedes Augenbrauenzucken, jeder gespreizte Finger muss tierisch komisch rüberkommen."

Einige Wochen zogen ins Land. Vier Tage lang war Marvin sogar mit einem Filmteam auf Mallorca gewesen, um dort einen der Spots zu drehen. Und als schließlich auch die technische Nachbearbeitung abgeschlossen war, versammelte sich unsere Familie... Amelie mal mit eingerechnet... vor dem Fernseher. In den nächsten vier Wochen lief ausschließlich der folgende Spot:

Marvin sitzt auf einem weißgekachelten Küchenboden, hat ein kleines Holz- und Papierhäufchen für ein Lagerfeuer aufgeschichtet und mit Mauersteinen abgegrenzt. Wie ein Indianer dreht er nun ein Rundholz auf einem flachen Stück Holz so immens schnell, dass innerhalb von Sekundenbruchteilen erst Rauch aufsteigt, bald das Stäbchen Feuer fängt und Marvin endlich das Häufchen anzünden kann.

Aus seinem vollautomatischen Kochherd zieht er den Grillrost heraus und setzt ihn auf die zum Rund angeordneten Mauersteine. Dann stellt er eine alte, blecherne Kaffeekanne über das hell lodernde Feuer.

Wiederum innerhalb von vielleicht einer Sekunde zischt Dampf aus der Tülle, und der Blechdeckel der Kanne tanzt wie verrückt. Marvin gießt sich seinen Kaffee auf, trinkt gierig, weil er mittlerweile sehr großen Kaffeedurst hat, quittiert den sehr guten Geschmack mit einem unglaublich witzigen Gesicht, zischt dann den großen Rest aus seiner Tasse in einem Zug herunter und springt plötzlich wie unter Sprungfedern in die Höhe, durch die Küche und erledigt innerhalb von zwei Sekunden den kompletten Abwasch, das Löschen des Feuers mitten in der Küche, das Putzen der Fenster und den Gassigang mit einem Bobtail um den Wohnblock. Abblende! Dann folgt das Markenlogo, sowie der Werbeslogan.

Mir war bis zu diesem Dreißig-Sekunden-Film nicht bewusst, in welch unglaublich kurzer Zeit Marvin bestimmt hundert verschiedene Gesichter unterbringen konnte. Jede Zappelbewegung, noch unterstrichen durch den filmtechnischen Zeitraffer, reizte unweigerlich zum Lachen.

Nach unserem Geschmack war dies ein gelungener Werbespot, und unsere Meinung wurde nach drei Wochen bestätigt, als ich in meiner Fernsehzeitung eine Hitparade der beliebtesten aktuellen Fernseh-Werbespots fand, und Marvins Spot auf dem dritten Platz stand.

Vier Wochen später lief der zweite Spot: Der Kaffeemann im Urlaub:

Marvin sitzt vor dem bekanntesten Lokal der bekannten Feiermeile auf Mallorca und baut dort gerade einen überdimensionierten Campingkocher auf.

Aus drei großen Gasflaschen strömt zugleich das Gas. Marvin entzündet ein Benzinfeuerzeug und wirft es auf die Kochmitte. Eine gewaltige Explosion färbt Marvins Gesicht rußschwarz.

Dann winkt Marvin hektisch einen hoffnungslos betrunkenen Mann mit sonnenverbranntem Oberkörper heran und erklärt ihm pantomimisch, einen noch außerhalb des Filmbildes stehenden riesigen Wassertopf mit auf den Campingkocher zu stellen, ein Topf, worin man sonst Suppe für hundertfünfzig Soldaten hätte kochen können. Nach einigem Hin- und her, bedingt durch die schwankenden Schritte des Betrunkenen, steht der Topf endlich auf dem Feuer.

Wieder dauert es nur eine Sekunde, bis das Wasser sprudelnd kocht. Der Betrunkene packt ein weiteres Mal mit an, und von den etwa fünfzig Litern kippen sie zusammen in das winzige Kaffeekännchen den passenden halben Liter.

Marvin schenkt sich ein, pustet diesmal mit aufgeregt pumpenden Wangen und trinkt seinen Kaffee in einem Zug leer.

Und wieder springt er auf, rennt in einem Affenzahn um seine Feuerstelle, schnappt sich dann einen Dreißig-Liter-Trog randvoll gefüllt mit blutrotem Sangria und schlürft diesen durch einen schmalen Strohhalm in nur einer weiteren Sekunde restlos leer.

„Den fand ich noch geiler als den ersten..." sagte ich begeistert und spulte das Videoband wieder zurück.

„Ja, das ist gut, das freut mich, hier ist nämlich die ganze Idee von mir. Hat deswegen auch 'ne Extraprämie gegeben. Außerdem war der Dreh echt abgefahren. Auf Kosten der Firma ein bisschen filmen und gut Spaß haben auf Mallorca... das kann man sich gefallen lassen." -

„Laufen die denn nun auch im Kino?" fragte Anna.

„Nee, das wird nicht klappen, ich hab auch gar nicht genau verstanden warum. Hat sicherlich irgendwelche Kostengründe. Scheiß drauf!"

Das dritte Werk zeigte Marvin, wie er in einer surreal vereinsamten Steppenlandschaft sein altes, klappriges Auto bergauf gerade noch zum Stehen bekommt. Über ihm der Himmel violett-rot. Von allein springt die Motorhaube auf und wahre Rauchwolken steigen empor.

Marvin schielt grinsend in die Kamera, kramt blitzschnell seine mittlerweile berühmte blecherne Kaffeekanne hervor und stellt sie auf den noch immer viel zu heißen Motorblock. In einer Sekunde kocht das Wasser. Er gießt sich den Kaffee auf, pustet und trinkt in einem Zug.

Plötzlich springen seine Glieder in alle Richtungen, wie eine Zeichentrickkatze unter Strom. Er wirft Kanne und Tasse ins Innere, löst die Handbremse und schiebt den Wagen mit gigantischer Kraft und Schnelligkeit an.

Ein Inder auf einem Kamel wird mit dem fünffachen seines Tempos überholt; Marvin schiebt an einem fahrenden Lastwagen vorbei und schließlich an einem sportlichen Rennwagen. Marvins Beine sind bei der Geschwindigkeit gar nicht mehr auszumachen. Wenig später schaut der Rennfahrer dem in einer Staubwolke verschwindenden Marvin nur noch völlig verwirrt nach.

Der vierte Spot spielt in Dreißiger-Jahre-Schwarzweiß: Lichtsprünge und Filmfäden... wie schon tausend mal gezeigt. Marvin als Doktor Frankenstein steht an seinem unter Drähten angeschlossenen Geschöpf. Im Hintergrund gluckern Flüssigkeiten in Kolbengefäßen. Draußen tobt ein schreckliches Gewitter.

In einer anderen Einstellung sieht man eine alte, efeubewachsene Villa, in deren Dach plötzlich ein greller Blitz einschlägt.

Zurück in Dr. Frankensteins Laboratorium wird das Geschöpf durch die Hunderttausende von Volts so sehr unter Strom gesetzt, dass es sich auf dem Tisch zumindest aufsetzen muss. Der Strom lässt es unglaublich erzittern. Aus den Ohren, an den Schultern und aus den Händen steigt schon Rauch auf.

Dr. Frankenstein blitzt mal wieder grinsend in die Kamera. Kurz darauf erklärt er seinem Geschöpf pantomimisch, seine Hände zu einer möglichst breiten Fläche zusammenzulegen. Aus diesen Handflächen steigt immer heftiger werdender Rauch auf, denn die Spannung im Geschöpf lässt nicht nach.

Dr. Frankenstein stellt seine Kaffeekanne auf des Monsters Hände. In einer Sekunde sprudelt das Wasser. Der Doktor gießt sich den Kaffee auf, pustet und trinkt die Tasse halb leer, den Rest flößt er seinem Geschöpf, dem Monster ein.

Kaum hat dieses den belebenden Kaffee getrunken, reißt es sich sämtliche Verdrahtungen vom Körper und springt vom Tisch.

Dann nehmen sich Dr. Frankenstein und sein Geschöpf bei den Händen und tanzen derart schwungvoll im Walzertakt, dass Fred Astaire und Ginger Rogers im Gegensatz dazu nur noch die tänzerische Eleganz eines Roboters aufbieten...

Der letzte Spot, der mit Marvin für diese Reihe produziert wurde, zeigt meinen Bruder in einem Großraumbüro frühmorgens gut gelaunt zur Arbeit kommen. Unter einem Arm seine brüchiglederne Aktentasche, unter dem anderen Arm eine nagelneue, noch originalverpackte Kaffeemaschine.

Während er liebevoll die Maschine auspackt und auf seinem Schreibtisch drapiert, schauen all die anderen Kollegen mit der milden Genügsamkeit her: „Endlich kocht er sich auch mal Kaffee, wie jeder andere normale Mensch auch..." und nicken ihm anerkennend zu.

Die anderen wollen sich gerade ihren Aktenstapeln widmen, da verändert sich synchron in allen Gesichtern der zufriedene Gesichtsausdruck zu einem Ausdruck der größten Verwunderung.

Denn Marvin übergießt seine nagelneue Kaffeemaschine mit Benzin, steckt sie lichterloh in Brand, holt seine Kaffeekanne aus der Aktentasche hervor und stellt sie auf das aufweichende Plastik.

In einer Sekunde kocht das Wasser. Marvin gießt den Kaffee auf, pustet und trinkt in einem Zug. Dann flitzt er an den Eingang, reißt den Feuerlöscher von der Wand, löscht das Feuer, sammelt blitzschnell sämtliche Aktenunterlagen von seinem Schreibtisch auf und steckt sie in den Reißwolf. Nach derart erledigter Arbeit führt er unter den verwunderten Blicken der Kollegen ein kurzes Stepptänzchen auf und verbeugt sich elegant.

Schon vier oder fünf Tage, nachdem der erste Spot gelaufen war, wurde Marvin auf offener Straße angesprochen, ob er denn nicht der Kaffee-Mann sei.

„Siehst du, Florian, so schnell wird man zum Star. Es ist Zeit, dass ich Autogrammkarten für mich drucken lasse und hin und wieder mal 'n Hotelzimmer zu Klump schlage. Na ja... Komm, wir gehen..."

An seinem vierundzwanzigsten Geburtstag platzte eine Bombe... mitten in einem Gespräch zwischen uns beiden. Marvin hätte mich mit seinem schelmischen Lächeln, das fortwährend auf seinem Gesicht schimmerte, rasend machen können. Zu erst führten wir mal wieder einen unserer typischen Wortwechsel:

„Für mich ist symptomatisch, dass ich keinen Job länger als ein halbes Jahr aushalte," sagte Marvin, „...wie ich meinen Zivildienst und zumindest die anderthalb Jahre an der Oberschule durchgehalten habe, ist mir ehrlich ein Rätsel. Alles, was mich einengt oder mich auch nur einengen könnte, davor ergreife ich weitsichtig auf meine Art die Flucht.

Du weißt ja, das wichtigste Gefühl für mich ist, unabhängig zu sein; ich meine, das höchste Ideal, was man im Leben erreichen kann, ist gefühlte, erlebte Freiheit. Das geht über alles. Und da wir in einer Welt leben, die einem manche Regeln aufzwingt, aus denen auch ich mich nicht herauswinden würde... muss man halt eine gesunde Distanz zu solchen Einengungen aufbauen.

Wenn ich auf jemanden so sauer bin, dass ich ihn richtig erwürgen könnte, dann tue ich das selbstverständlich nicht, aber ich mache den zum Beispiel mit Witzen für mich fertig. Auf diese Weise kann man alles ertragen, alles!

Und das andere -wie du ja weißt und so manches Mal schon schroff bemäkelt hast- mit meiner Beziehungsfähigkeit zu Frauen scheint das so zu laufen, immer dann, wenn mich dünkt, dass aus Lebendigkeit Gewohnheit geworden ist, ist für mich Zeit, den Hut zu nehmen." -

„Oh, da will ich gleich mal gegenhalten... Du kennst das ja: Freiheit ist nicht das Ziel, sondern nur der Weg, das Ziel ist Verbundenheit. Insofern solltest du noch ein bisschen an deiner Beziehungsfähigkeit feilen..."

Obwohl ich das aus tiefster Überzeugung sagte, war irgendwo in mir auch Bewunderung für Marvins Möglichkeiten farbenfroher Lebensgestaltung, genauso wie ich Gewalt verabscheue, mir aber manchmal trotzdem wünsche, meine pazifistische Haltung einfach ausknipsen zu können, um echten Arschlöchern eins auf die Fresse zu geben; genauso wie ich Treue in einer Liebesbeziehung in jeder Hinsicht unumstößlich wichtig finde, trotzdem die Sehnsucht kenne, vielleicht mal mit einer anderen ins Bett zu gehen, um dann noch einer Dritten Geheimnisse anzuvertrauen, die ich den beiden anderen nie erzählen würde.

Marvin nahm sich die Lebensmomente einfach, er ließ sich nicht hineintreiben. Ob er bei diesem Nehmen immer den richtigen Griff landete, bleibt dahingestellt, aber tatsächlich war er aktiver Lebensgestalter... und das bewunderte ich.

„Lieb Flori mein, wenn Gott Vater der Allmächtige mich bald auf seinen Schoß nimmt und mich fragt, ob ich denn auch immer schön Beziehungen geführt habe, dann werde ich ihm sagen, die libidinös motivierten gingen so, aber ich hab ein ganz tolles Verhältnis zu meinen zwei Müttern, zu Hans und vor allem zu meinem lieben Bruder Florian; daran gab's für mich noch nie was zu rütteln. Dann wird der liebe Gott mir die Händchen tätscheln und sagen. Stimmt Marvin, diese Beziehungen zumindest hast du vorbildlich mitgestaltet."

Plötzlich war ich mundtot, ich tat etwas, was ich seit vielen Jahren nicht mehr getan hatte, ich erhob mich und nahm meinen Bruder in den Arm, um ihn ganz fest zu drücken.

„Marvin, ich bin jetzt auch wirklich still mit dem Thema." -

„Das glaub' ich dir nicht, ich hab nämlich noch was für dich, setz' dich bitte wieder hin. Also pass auf, lies es mir auch von den Lippen ab... und ich werde es dir später zusätzlich noch schriftlich geben: ich... dein dich liebender Bruder Marvin... werde heiraten. Ausgerechnet ich! Hilke und ich wollen's endlich so richtig mit Kirche und allem drum und dran! Was sagst du nun... ist das 'ne Wendung unseres kleinen Streitgesprächs? Das hätt'ste mir wohl nicht zugetraut, oder?"

Hilke war vor vielen Jahren eine Mitschülerin an der Oberschule für Gestaltung, damals mit ihren siebzehn Jahren ein Jahr älter als Marvin und der Mittelpunkt der Klasse. Sie war nicht gerade schweigsam, griff beinahe alles auf, was an Wortmeldungen von den anderen Schülern kam und schwatzte noch die eine oder andere Ergänzung hintenan.

Marvin sagte damals, sie sei der Typ Mensch, der schon als Dreijähriger genau gewusst hatte, wie man das Wort „selbstbewusst" buchstabiert.

Hilke trug damals und trägt bis zum heutigen Tag eine Kurzhaarfrisur, wenn man da noch von Frisur sprechen kann, vielmehr wächst ein dünner, recht weicher Flaum auf ihrem zierlichen Kopf. Hinter einer kleinen, kreisrunden Brille lugen wache Augen lebhaft in der Gegend umher. Jedes Lächeln, das ihr schmallippiger Mund hervortreten lässt, und der tut das oft, ist beim Anblick Champagnertrinken in der Badewanne, wie Marvin es einmal beschrieb.

Jedenfalls hatten sich Hilke und Marvin nach der für meinen Bruder nicht sonderlich erfolgreichen Schulzeit aus den Augen verloren. Marvin hatte keinen Abschluss gemacht, das war bei nahezu achtzig Prozent Fehlzeiten auch rein technisch unmöglich geworden.

Nun aber, nachdem Marvin über mehrere Fernsehsender im ganzen Land bekannt und präsent geworden war, rief die ehemalige Mitschülerin kurzerhand bei uns an:

„Hey, sag mal, alter Klassenfreund, ich seh' dich plötzlich in 'er Reklame im Fernsehen. Ja, glaub' mir das einer... da hab ich sofort gedacht, Mensch den kenn' ich, das is' Marvin Frayer aus meiner Fachabi-Zeit. Mal sehen, ob ich noch die alte Telefonliste hab'. Und jetzt brech' ich ins Essen, du wohnst immer noch zu Hause. Und ich erreich' dich tatsächlich. Abgefahren! Wie geht's dir denn so?" -

„Danke gut... und dir..." -

„Lass uns mal nicht so lange hier Tüdelütt reden... also, wann sehen wir uns wieder? Heute Nachmittag oder erst heute Abend..." -

„Ich wollte heute eigentlich..." -

„Mach keine Dinger, Marvin... heute Abend um exakt neunzehn Uhr hol' ich dich ab. Ich hab' 'ne Kastenente... da kannst du mal lachen. Du weißt ja, ich fahr' immer Enten. Du wohnst wahrscheinlich immer noch da hinten auf'm Land, auf dem komischen großen Hof, richtig?" -

„Genau... und ich bin nicht liiert, das solltest du im Voraus wissen, damit du dir keine falschen Hoffnungen machst." -

„Jou, danke für den Hinweis, ich weiß mich im Zaume zu halten... etwa eine gediegene halbe Stunde lang... danach werde ich kuschelig." -

„Du hast eine unsagbar liebevolle Art, beim zarten Aufknospen des ersten Rendezvous den lieben Jungen gleich am Sack zu packen und ihn über deinem Kopf kreisen zu lassen. Mein Kompliment." -

„Danke... und warte ab, bis ich dich wieder landen lasse."

Hilke sprach derart laut durch das Telefon, dass ich jedes ihrer Worte verstehen konnte, und das, obwohl ich sechs bis sieben Meter vom Telefon entfernt am Tisch saß und mich an einem Brief an Amelie versuchte.

Sie redete aber nicht nur kernig daher, sondern reagierte darüber hinaus bei jeder sich bietenden Gelegenheit mit einem derart krossen, kraftvollen und dabei wunderschönen Lachen, dass ich unweigerlich mitlachen musste... wenn auch noch sehr versteckt; ich wollte schließlich meinem Bruder nicht das Gefühl geben, ich belausche seine Telefonate.

Auch Marvin grinste breit über das ganze Gesicht, manchmal lachte er richtig auf, dabei gelang es kaum einem, meinen Bruder richtig zum Lachen zu bringen. Das mag sich paradox anhören, war aber so!

Spätnachts flammte plötzlich in meinem Zimmer das Licht an und Marvin stand in der Tür. Schlaftrunken quälte ich meine Augen auf:

„Was is..." -

„Oh, du schläfst ja schon... nein, war natürlich klar, dass du schläfst, entschuldige, dass ich dich wecke..."

Er trat ein, schloss leise die Tür und setzte sich auf einen herangerückten Stuhl. Die glatte Selbstverständlichkeit, mit der er mich plötzlich weckte und sich auch noch selbst einlud, ließ mich grinsen.

„Wir haben den ganzen Abend so gelacht... ich weiß gar nicht mehr worüber alles. Auf alle Fälle haben wir absolut die gleiche Ebene mit unserem Humor. Ich mag das gern, Hilke hat so was Handfestes... wir haben über alte Zeiten gequatscht, ich hatte echt Bauchschmerzen vor Lachen, ach ja... und dann haben wir in dieser Nacht auch noch drei Mal miteinander geschlafen. Ich weiß gar nicht, warum ich dich wecke, um dir das jetzt zu erzählen, das hätte morgen ja auch noch gereicht. Ich wollte nur sagen, ich bin mit jemandem zusammen, und es macht Spaß. Also gute Nacht und schlaf schön."

Ich hatte sie wirklich alle mitbekommen, Marvins viele Freundinnen. Manche seiner Beziehungen, die nicht einmal diese Bezeichnung verdient hätten, hielten gerade mal drei oder vier Tage. Bis hin zu Alicia hatte ich immer das Gefühl, er brauche zwar die Begleitung, die Freundschaft und auch den Sex, aber trotzdem blieb er immer nur neben all diesen Frauen statt mit ihnen, keine Trennung vermochte ihn sonderlich zu berühren, was weniger seinem Humor, als der Tatsache zuzurechnen war, dass er in seinen Beziehungen eine besondere Tiefe nicht zuließ.

Bei Hilke hatte ich von vornherein ein anderes Gefühl; er respektierte sie in besonderer Weise, ihre facettenreiche Persönlichkeit forderte den Entdecker in ihm heraus. Für Marvin war sie der spannendste Mensch der Welt.

Einmal sagte er mir:

„Ich genieße es, bei Hilke nie zu wissen, wie sie gleich reagieren wird. Immer dann, wenn ich glaube, ich kenne nun zumindest einen ihrer Züge in- und auswendig, weil sie das schon tausend Mal in der Art gemacht hat, dann ist das beim tausendundeinsten Mal plötzlich aus tiefster Überzeugung ganz anders. Und das kommt einem dann nicht aufgesetzt vor, sondern passt so gut zu ihr, dass man sich sagt: Aber natürlich musste sie so reagieren, alles andere wäre nicht meine liebe, süße, tolle Hilke!"

Alles, was Marvin wichtig war im Leben, wurde auch wichtig für sie, so fand sie schnell zu unseren Eltern und mir einen wunderschönen, freundschaftlichen Kontakt.

Ich mochte sie sehr gern und fand sie auch toll, aber trotzdem war das in keiner Weise mit meiner damaligen Freundschaft zu Alicia zu vergleichen.

Wer Hilke nur flüchtig beäugt, hätte leicht den Eindruck gewinnen können, sie sei in ihrer ganzen Art ein zynischer, sarkastischer Mensch; vielerlei Witze zielten bei ihr direkt unter die Gürtellinie oder auch böse zwischen die Augen. Und doch, wenn man ihr seine kleinen Missgeschicke oder Widrigkeiten erzählte, war sie zu solch einem tief und aufrichtig empfundenen Mitleid fähig, dass man oftmals nur noch beschwichtigen wollte, um ihr Mitgefühl nicht übermäßig zu strapazieren. Gelang das, gab sie trocken „Na, dann ist ja gut." von sich und schloss ein kernig herausplatzendes Lachen an.

Nach diesem ansteckenden und verbindenden Lachen war dann meist auch wirklich wieder alles gut.

Nach drei Monaten, von denen anderthalb in Hilkes Wohnung und die verbleibenden anderthalb bei uns zu Hause in siamesischer Zweisamkeit stattfanden, bezogen beide eine größere Wohnung, nur drei Straßen von Hilkes alter Wohnung entfernt. Ich -oftmals auch zusammen mit Amelie- war zwar ein gern und häufig gesehener Gast bei den beiden, aber natürlich sah und sprach ich Marvin auffallend weniger als jemals zuvor.

Bei meinen Besuchen wurde ich dann so heftig aus zwei Rohren mit Witzen und Albereien beschossen, dass ich häufig zu ersticken drohte... denn bei aller Trockenheit meines Wesens bin ich nach wie vor ein dankbarer, ausgiebiger und lauter Lacher.

Etwa ein halbes Jahr später war ich derart inspiriert von den Vorzügen einer eigenen Wohnung, dass ich Amelie vorschlug, doch mit mir eine gemeinsame Wohnung zu beziehen. Leider begeisterte sich meine Freundin nicht sonderlich für diesen Vorschlag, bestärkte mich jedoch darin, diesen Schritt in jedem Fall allein zu unternehmen. Doch es sollte erst ein ganzes weiteres Jahr ins Land ziehen, bis ich endlich meine erste eigene Wohnung bezog.

Aber zurück zu Marvins Geburtstagsfeier zu viert. Hilke und A-melie hielten sich gemeinsam in der Küche auf und werkelten an irgendwelchen Salaten herum. Als ich die Neuigkeit einigermaßen realisiert hatte, sprang ich auf, umarmte und gratulierte Marvin in heller Freude, dann stürmte ich in die Küche.

Ich riss mir Hilke in eine Umarmung, drehte mich mit ihr und küsste sie auf die Wange:

„Herzlichen Glückwunsch, ich freue mich ja sowas von total dar-über, dass ihr heiratet."

Im Hintergrund hörte ich Amelie, die sich mit halber Kraft freute und auch gratulierte.

Hilke grinste mich halbwegs verwundert und halbwegs glücklich an:

„Sag mal, bei dir springen ja gleich alle Sicherungen 'raus. Eine Hochzeit ist eine Hochzeit ist eine Hochzeit und kein Lottoge-winn, darüber freut man sich gemächlich. Nein... entschuldige... und vielen Dank. Ja, wir sind uns da einig geworden und denken, es könnte Spaß machen, auch noch verheiratet zu sein." -

„Das glaub' ich ganz bestimmt. Ich freu' mich für euch und wün-sche euch von Herzen alles Gute." -

„Hey, hey, hey Junge, nun mal nicht so hastig, noch sind wir nich' verheiratet."

Sie schloss ihr köstliches Lachen an. Allein dafür musste ich sie wieder drücken.

Am siebzehnten Juli des Jahres Neunzehnhunderteinundneunzig führte mein Bruder seine große Liebe ins Standesamt, und zwei Tage später vor den Brautaltar.

Während des Traugottesdienstes fiel mir an Marvin eine bisher nicht wahrgenommene Seite auf. Die Handlungen und auch Worte des Pastors schienen eine außergewöhnliche Auswirkung auf mei-nen Bruder zu haben. Selten wirkte er so innig, so in sich selbst ruhend und zugleich auch so hingebungsvoll.

Ich hatte mir nie sonderliche Gedanken gemacht, ob Marvin reli-giös sei... schließlich ging er auch mit Gott in heiterem Tonfall um. Aber als ich ihn so sah...

Das fiel mir umso einschneidender auf, als dass ich damals die feste Überzeugung vertrat, Gott sei eine von Menschen erschaffene Idee, um sich die eigene Existenz zu erklären und sich auch noch Hoffnung auf ein erlösendes, paradiesisches Leben nach dem Leben machen zu dürfen, um dadurch der Angst vor dem Tod zu begegnen.

Insgeheim aber wusste ich darum, dass religiöse Menschen ein reichhaltigeres, erfüllteres Leben führen können. Ich pendelte zwischen Neid und dem mitleidigen Grinsen: „Ihr sitzt doch alle einer trügerischen Illusion auf!"

Während einer rauschenden Hochzeitsfeier auf dem Hof unserer Eltern fand ich Gelegenheit, mich mit Marvin darüber zu unterhalten:

„Sag mal, war es dir eigentlich wichtig, auch noch kirchlich zu heiraten... so damit die Romantik auch perfekt rüberkommt, oder?" -

„Doch," sagte mein Bruder ruhig und für seine Verhältnisse ernst, „...mir hat das was bedeutet. Nicht dass ich glaube, man könne nicht auch ohne Gottes Segen zusammen glücklich sein, aber ebenso wie ich mir des Okays meiner beiden Mütter, meines Stiefvaters und vor allem meines lieben Bruders sicher sein möchte, wenn ich mich voll und ganz für die Frau für's Leben entscheide, will ich auch das Gefühl haben, meinen himmlischen Vater daran teilhaben zu lassen." -

„Du siehst mich einigermaßen verblüfft... ich habe dich nie für so gläubig gehalten..." -

„Was heißt sooo gläubig... ich bin da klar überzeugt, dass es Gott gibt, ich spüre seinen Halt genauso, wie ich den Halt von meiner Familie spüre. Außerdem ist Jesus für mich eine wirklich spannende und geistreiche Person. Ich hab' nie viel in der Bibel gelesen und gehe im Grunde auch nicht in die Kirche, aber damals vor knapp zweitausend Jahren hat der liebe Herrgott uns notwendigerweise hier auf der Erde mal einen Besuch abgestattet. Ist genau genommen schon irgendwie 'ne schizophrene Situation mit Gott und Jesus und so. Ich hab' da auch keine große Ahnung... für mich steht aber trotzdem fest... ich weiß, dass es Gott gibt. Aber mach' dir jetzt bitte keine Sorgen, Klosterschüler bin ich deswegen noch nicht geworden."

Wenn man hundert Dominosteine in der berühmten Reihe aufstellt und man davon ausgeht, dass meine Kenntnisnahme von Marvins Glauben den Anstoß gegeben hat, die Reihe zum Umsturz zu bringen, so stand an deren Ende... nach einigen Wochen ein schwacher Impuls, mich mit meinem eigenen Glauben auseinander zu setzen. Kurioserweise arbeitete über jene Wochen jedoch ein unerklärlicher Widerstand gegen diesen Impuls an, so als hätte Glauben etwas bedrohliches für mich...

Etwa dreißig Gäste feierten bei wahrem Hochzeitswetter in eine sternenklare Nacht hinein, und hinein auch in einen neuen Tag mit wunderschönem Sonnenaufgang.

Girlanden und Lichterketten hingen überall in unserem Hof und farbige, breite Krepp-Papierbahnen aus allen Fenstern. In der Hofmitte brannte ein Lagerfeuer. Sonnenschirme und Plastikpavillone überdachten die lange Speisetafel. Kinder wuselten am Feuer; einige Pärchen tanzten zu Jazzmusik von CDs; andere waren in Gespräche vertieft...

Die Sonne des neuen Tages stieg immer höher und begann die auf dem Tisch verbliebenen Speisereste anzutrocknen. Amelie kam plötzlich zu mir und schmiegte sich an mich:

„Wollen wir hochgehen... ich bin saumüde." -

„Ich auch... das war doch eine wunderschöne und herrliche und ich weißnichtwas Hochzeit, oder?" -

„Ja, aber sag mal Flori... da ist gar nicht dran zu rütteln... eine wunderschöne Hochzeit... nur... ich weiß auch nicht... irgendwie hast du die ganze Zeit darauf so heftig reagiert, wie so'n Mütterchen, was ihre Söhne gut verheiraten will und darin ihren Lebensinhalt sieht. Du bist doch sonst nicht so für das Sakrament der Ehe." -

„Meine Süße... hey, ich weiß, aber ich hab' mich so sehr drüber gefreut, weil Marvins Entscheidung eine ganz große symbolische Bedeutung hat. Ich glaub', jetzt kann er eine ganz neue Form von

Glücklichsein erleben. Das wünsch ich ihm jedenfalls." -
„Mann, bist du müde... oder ist das Weinseligkeit, Flori..." -
„Ich glaube beides... wollen wir jetzt hoch?"

Ich krieg' das gar nicht mehr hin, mich interessiert nach anderen Frauen umzugucken. Ich hab' komischerweise überhaupt nicht mehr das Bedürfnis... es ist, als sei ich endlich am Ziel angekommen." sagte er einmal zu mir.

Ich muss gestehen, ich war stolz und glücklich über diesen Umstand... aber nicht allein, weil ich meinem Bruder sowieso alles Glück auf Erden wünschte... vielmehr schien es ein wenig auch meinem Einfluss verdanken zu sein, dass Marvin endlich beständiger wurde und neue Werte für sich finden konnte. Zumindest wollte ich das glauben!

Umso entsetzter war ich, als ich nach dreizehn Monaten glücklichster Ehe -davon waren alle überzeugt- erfuhr, dass Hilke ausgezogen war, weil Marvin sie betrogen hatte. Und es war nicht der Ehebruch ansich, der Hilke zur Trennung veranlasst hatte, vielmehr hatte Marvin ihr erklärt, dass es von nun an vorbei sei mit ihnen, und er würde sie bei der nächstbietenden Gelegenheit wieder betrügen. Das seien nun mal die Fakten. Er wolle ihr gegenüber immer ehrlich bleiben, deshalb jetzt ein klares Ende ohne Vormacherei!

„Ich versteh' dich nicht, Marvin, ich hätte schwören können, dass du mit ihr glücklich bist." -

„Und wenn ich das tausend Mal bin... jetzt sind andere Bedingungen geschaffen, und es geht nicht mehr. Hilke soll sich ganz schnell von mir lostreten und einen vernünftigen Partner finden. Ich bin nach wie vor ganz begeistert von ihr, aber es geht nicht mehr... glaub mir das bitte. Außerdem hast du noch gar nichts zu meiner Brille gesagt. " -

„Warum gibst du billigen, niederen Trieben in dir eine so große Übermacht, dass etwas nahezu Perfektes dafür kaputt geht. Das begreife ich nicht, verdammt noch mal. Du brachtest am Schluss alle Voraussetzungen mit, in der Beständigkeit einer wirklich tollen Beziehung das echte Glück zu finden... und du hast so glücklich ausgesehen. Und jetzt bist du zu nichts anderem fähig, als mit 'ner anderen zu schlafen. Wer ist das denn überhaupt, die dir mehr bedeutet als Hilke?" -

„Die andere bedeutet mir in keiner Weise mehr als Hilke. Aber darum geht es nicht. Ich habe diesen Schritt getan, weil ich für mich ganz allein damit etwas wichtiges ausgelöst habe. Ich brauche jetzt wieder Unabhängigkeit. Ich muss ganz frei sein... aber - liebes Brüderchen- das kannst du nicht verstehen... ich muss dir auch ehrlich sagen, aber bitte sag das keinem anderen weiter, Hilke oder so... ich könnte rasend werden und losheulen, dass es jetzt so ist, wie es ist..." -

„Ich verstehe es nicht mehr, Marvin! Du betrügst dich selbst... das scheint aus all dem hervorzugehen. Du verarscht dich eindeutig selbst, Hauptsache, du springst immer wie ein Grashüpfer schön allein hin und her. Ein kurzes Jahr lang seid ihr verheiratet gewesen... und ihr passt einfach hervorragend zusammen. Und ihr habt zusammen eine so tolle Zeit gehabt. Und du kannst dich doch auch so über sie totlachen."

Die Debatte war nicht neu... ich hatte mich in dieser Art auch für nur dreimonatige Beziehungen meines Bruders ereifern können... eben, weil es bei mir ums Prinzip ging. Hier nun war die Trennung jedoch von ganz besonderer Qualität; Marvin hatte bis zum Schluss selbst keine Zweifel daran gelassen, mit Hilke alt werden zu wollen... er war vor Gott das Versprechen einer Ehe bis zum Tod eingegangen...

Hilke versicherte mir, sie räume zwar das Feld, damit Marvin sich mit „seinen Spinnereien" ein bisschen austoben könne... und wenn er in nächster Zeit seinen Schritt zur Trennung bereuen würde, könne sie sich einen erneuten Anfang unter Umständen sogar vorstellen.

„Man muss es dann auf einen Versuch ankommen lassen."

In der nächsten Zeit schien sich meine Befürchtung zu bestätigen; er hatte wahres Glücklichsein gegen Unzufriedenheit eingetauscht. In seinem Gesicht war das Strahlen der letzten Monate gestorben; vielmehr schimmerte hinter allen möglichen Witzen und Faxereien nur noch eine gewisse Verbitterung.

Seine Art sich zu bewegen hatte bei aller scheinbaren Agilität einen Schatten. Manchmal, wenn er sich unbeobachtet fühlte, schien plötzlich etwas Schleichendes, etwas Schleppendes in seinen Bewegungen zu liegen. Außerdem begannen ihn chronische Kopfschmerzen zu plagen.

Ich war sicher, er bereute seinen Schritt bereits, mochte das nur sich selbst und den anderen gegenüber nicht eingestehen.

„Marvin... geh' doch zu Hilke zurück und bitte sie um Verzeihung. Du machst mir im Moment echt Sorgen... mit dir stimmt doch ganz gewaltig etwas nicht." -

„Ja. Mir geht es nicht gut." -

„Dann ändere das doch und sei nicht so starrköpfig!" -

„Weißt du was, Flori... ich bin nächsten Montag im Fernsehen. Und nicht in einem Werbespot, nein... das ist für meine Verhältnisse eine tierisch große Angelegenheit. Bei einem privaten Sender gibt's eine Stand-Up-Comedian-Sendung, und da hab' ich mit einer Nummer von mir 'n Fuß in die Tür gekriegt... ist das nicht geil? Also die Aufzeichnung war schon." -

„Mensch, und wann läuft das... du erzählst aber auch gar nichts mehr." -

„Ich gebe so ungern mit meinen Auftritten an, aber ich dachte, du wärst böse, wenn ich's dir gar nicht sage... Übermorgen Abend, zweiundzwanzig Uhr. Ich lade mich jetzt schon mal bei dir ein, wenn's recht ist."

Mit dieser Neuigkeit war unser vorangegangenes Thema unwideruflich abgebügelt. Ich sprach nicht mehr davon, weder an diesem Tag, noch in den nächsten Tagen und Wochen.

Zehn Minuten vor Beginn der Sendung klingelte Marvin an meiner Wohnungstür, Amelie war auch anwesend; unsere Eltern konnten nicht, baten mich aber um eine Videoaufzeichnung.

Der Moderator der Sendung begrüßte sein Publikum und kündigte daraufhin showmasterlich an:

„Sehr verehrte Damen und Herren, Sie meinen, ihr Urlaub sei ins Wasser gefallen, wenn sich ihr Hotel noch im Bau befindet oder es jeden Tag regnet, dann hören Sie mal, was meinem nächsten Gast in seinem Urlaub widerfahren ist. Dann werden Sie aber ganz schnell leise. Begrüßen Sie mit mir live aus dem Großraum München Marvin Frayer."

Marvin trat auf die Bühne, setzte sich auf einen hohen Hocker und blickte eine ganze Weile zum applaudierenden Publikum; sein Mund wollte lächeln, doch irgendetwas hielt dieses Lächeln zurück, stattdessen angedeutetes Kopfnicken zur Begrüßung. Das Publikum gluckste, weil Marvin entgegen der Erwartungen nicht zu erzählen begann. Vielmehr erfolgte ein Minenspiel, das zwischen gewinnendem Lächeln und verkniffenem Heulkrampf hin- und herpendelte. Nach einer unerträglichen Weile setzte er dann an:

„Ja, schön, dass Sie mich alle hier besuchen. Zum Glück ist meine Gefängniszelle groß genug. Sie müssen wissen, ich mache hier Urlaub... hehe... nicht im Gefängnis natürlich, nur in diesem Land. Aber jetzt sitze ich in dieser Zelle. Ich habe auch gar keinen Urlaub mehr, schon seit fünf Wochen, aber ich konnte das denen hier nicht begreiflich machen.

Die Unterbringung ist zwar nicht viel schlechter als in meinem alten Hotel... trotzdem wäre ich gern auch mal wieder an den Strand gegangen. Doch da lassen die nicht mit sich reden.

Was ich denn verbrochen habe... tja, wenn ich das selber wüsste. Ich meine, ich weiß, weswegen das Gericht mich verurteilt hat... ich habe nachts gegen eine hohe Mauer gepinkelt. Wirklich! Mehr nicht. Hier ist nachts das Pinkeln an Mauern verboten... das hatte in keinem Reiseführer gestanden.

Ich bin ja auch bereit, den Schaden zu bereinigen. Doch das Urteil ist gefällt. Für mein Rechtsempfinden eine Spur zu hart... ja... ich bin zum Tode verurteilt worden! Wirklich! Ich mache jetzt keinen Witz. Man hat mich wegen Pinkelns an eine öffentliche Mauer zum Tode durch den Strang verurteilt.

Dabei habe ich einen so empfindlichen Hals. Können Sie sich das vorstellen? Mich, zum Tode wegen einer so pissigen Angelegenheit! Komische Sitten haben die hier.

Aber, wenn ich es recht bedenke... ich hätte auch nicht dort an die Wand pinkeln dürfen. So etwas tut man einfach nicht. Wo war meine gute Kinderstube geblieben?

Hätte ich nur ein bisschen aufgehalten, hätte ich meine Familie wieder sehen, im nächsten Jahr zum Abteilungsleiter aufsteigen und mir auch gelegentlich noch mal einen Badeurlaub gönnen können... Tja, daraus wird jetzt nichts mehr. Dumm gelaufen... an der Mauer herunter.

Das Leben ist gemein! Warum muss ich denn jetzt schon abtreten... ich bin doch noch so jung... so jung... bei mir fällt das doch quasi noch unter Plötzlicher Kindstod!

Auf der anderen Seite hat das auch Vorteile: Immerhin ist mein Tod eine hervorragende Ausrede, die ganzen nächsten Verabredungen zu verschieben. Außerdem spart man immens viel Geld für Lebensmittel, Hobbys und so weiter... man futtert dann ja kaum noch was.

Eines weiß ich jetzt schon, wenn ich tot bin, schlaf' ich mich erst mal so richtig aus. Ob es wohl ein Leben nach dem Tod gibt... hoffentlich ist das dann wenigstens in der Nähe von Koblenz.

Der Tod... der Tod ummantelt mein bleiches Antlitz, ich keuche... ich krächze... er rafft mich hinweg, der finstere Sensenmann, Gevatter Ableben... wirklich eine tolle Gelegenheit mal so richtig pathetisch auf die Pauke zu hauen.

Aber jetzt mal im ernst. Morgen früh wollen die mich hängen... das soll gelegentlich -hab ich gehört- zu ganz hässlichen Striemen am Hals führen.

Wie lange es wohl dauert, bis alles vorbei ist. Vielleicht hätte ich Bewährung bekommen, wäre da nicht meine kleine, dumme Bemerkung gewesen... ich würde mich, wenn man mich freiließe, auch ganz bestimmt sofort verpissen. Kann ich ahnen, dass die alles so wörtlich nehmen.

Im Grunde ändert sich nach meinem Tod ja nicht sonderlich viel... zu Hause löchern mich meine Frau und mein Chef... hier werden das in Kürze die Würmer tun... Außerdem ist tot sein eine hervorragende Gelegenheit zum Abnehmen. Die Pfunde werden nur so von mir abfallen...

Oh Mann, es sind nur noch wenige Stunden, dann hänge ich hier

so sinnlos in der Gegend rum. Schade um mein schönes Leben...
andererseits auch von Vorteil: Jetzt brauche ich definitiv meine
Wohnung nicht mehr selber streichen. Das hätte nämlich nach dem
Urlaub angestanden.
Dabei hab ich an meinem letzten Tag in Freiheit noch zu dem
Polizisten gesagt: Hier kann man's ewig aushalten... hier würde
ich schon gern mal tot über'm Zaun hängen. Zack! Die touristisch
wirklich relevanten Wünsche erfahren hierzulande anscheinend
prompte Erfüllung...
Ich habe mich über Ihren Besuch sehr gefreut, ach ja, und wenn
Sie in meiner Heimatstadt, Goethestraße 123, zufällig vorbei-
kommen sollten, seien Sie so lieb und helfen meiner Frau beim
Streichen der Wohnung. Ich danke Ihnen."
Ich schaltete den Fernseher aus und deutete anerkennend Applaus
an:
„Nicht schlecht, Bruder! Und in der ganzen Republik über den
Bildschirm gegangen. Der Kaffeemann ist jetzt ein berühmter
Komiker, was?" -
„Du bist aber eben etwas makaber gewesen, Marvin..." sagte
Amelie grinsend, „...herzlichen Glückwunsch zum großen Fern-
sehauftritt." -
„Ja, und ihr müsst wissen, ich entwickle gerade in meinem Kopf
etwas, das führt noch einen Schritt weiter." entgegnete Marvin
grinsend.
„Na, dann darf man ja gespannt sein." murmelte Amelie, erhob
sich, deckte die Gläser ab und verschwand in der Küche.
„Florian, ich muss mal eben unter vier Augen mit dir reden... hast
du Lust auf einen Spaziergang?" -
„Ja klar, gerne, komm lass uns gleich los... ich sag' nur noch
schnell meinem Schatz Bescheid." antwortete ich gut gelaunt...

Marvin war eine ganze Zeit schweigend neben mir hergelaufen, zum vielleicht ersten Mal in unserem Leben fand er anscheinend nicht die richtigen Worte für den Einstieg.

„So, was ist los, Marvin... du wolltest mir was Spannendes erzählen?" ermunterte ich ihn schließlich.

„Tja dann bist du wohl der Erste, der es erfahren wird, Flori... es gibt Neuigkeiten. Ich ziehe nämlich morgen mal wieder um, musst du wissen, nur für'n paar Tage... ins Krankenhaus... das hängt mit meinen leidigen Kopfschmerzen zusammen, die sind jedenfalls nicht besser geworden... genauso wie meine immer schlechter werdenden Augen. Ich will's kurz machen. Ich geh' jetzt öfters mal für 'n paar Tage ins Krankenhaus und mach' eine von diesen scheiß Therapien, wo man die ganzen Haare verliert... wenn du weißt, was ich meine..."

Ich wollte nicht wissen, was er meinte und fragte nach.

„Ja, Florian, ich hab' doch vorhin schon gesagt, dass ich im Moment in meinem Kopf was Großes entwickle. Das ist leider nur nicht künstlerisch anspruchsvoll, sondern wucherndes, mutiertes Gewebe."

Es war, als schösse mir eine Kanonenkugel in die Magengrube. Mir raste das Blut durch den Kopf; ich fühlte mich plötzlich wie eine Marionette, bei der man alle Fäden loslässt.

„Hey Flori... eine Chemotherapie bedeutet immerhin noch ein bisschen Hoffnung. Nun mach hier doch nicht gleich den Larry... noch bin ich kein Blumendünger." -

„Wie ernst ist es denn... ich meine... ich kenn' mich da nicht aus." -

„Tja... also ehrlich gesagt, man spricht davon, dass ich schwer krank bin. Wenn die Therapie anschlägt, dann kann's alles bedeuten, wenn nicht, dann bleibt mir vielleicht noch 'n Jährchen ohne Härchen."

Ich musste mich an Marvins Schulter kurz abstützen. Nachdem ich eine Weile auf den Boden gestiert hatte, blickte ich auf, in Marvins Augen:

„Seit wann weißt du's?" -

„Och... ist schon ein bisschen her... sodass ich damals überlegt hab', es Hilke noch zu sagen. Jetzt bist du aber der Erste, der's weiß. Ich wollte doch noch abwarten. Ein, zwei Therapieansätze...Vielleicht ist es auch gar nicht so dramatisch. Der ersten Diagnose und dem Zweitgutachten hatte ich jedenfalls nicht geglaubt... aber nachdem noch so ein Radiologe mein Gehirn mit diesem komischen Automaten da in Scheibchen geschnitten hatte - computerbildmäßig mein' ich... und dann mit dem selben Scheiß anfing... da dachte ich: was soll's, warum es jetzt nicht einfach glauben und akzeptieren. Ich habe mir jedenfalls vorgenommen, das Beste draus zu machen." -

„Darf ich es Amelie erzählen? Ich mein', ich muss da gleich... ich meine... ich kann das jetzt nicht einfach für mich behalten." -

„Klar... erzähl's... die muss es ja wissen, sonst kommt die mich gar nicht im Krankenhaus besuchen. Das wäre schade, wegen der dann ausbleibenden Blumen." -

„Wann sagst du's unseren Eltern?" -

„Ja... da hab' ich ehrlich gesagt 'n bisschen getorft... die sollten's ja eigentlich jetzt auch wissen. Ich muss morgen früh gleich auf Station sein. Und heute ist es schon zu spät. Ich weiß, es sieht blöd aus, wenn ich dich so vorschiebe, aber kannst du das übernehmen... ich meine, du übermittelst ihnen ja noch nicht die Nachricht von meinem Tod... das ist doch schon was... damit sollen die sich erst mal bescheiden. Schöne Grüße von mir, ja?" -

„Okay...mach ich! Mensch Marvin, ich hab' butterweiche Knie und kotz' gleich." -

„Da hab' ich mir vielleicht was in'n Kopf gesetzt, was?" -

„Hör doch einmal mit deinen scheiß Witzen auf." -

„Ich bin jetzt ganz lieb, versprochen... wollen wir zurück?" -

„Ja!"

An meiner Haustür schloss ich Marvin zum Abschied in die Arme und musste plötzlich innerlich losweinen; nach außen hin ließ ich mir nichts anmerken, obwohl meine Augen voll Tränen waren, doch das bemerkte Marvin bei dem schlechten Licht nicht. Mit klarer Stimme konnte ich ihm noch ein „Tschüss" zurufen. Dann verschwand er mit seinen absurd-tänzelnden Schritten in der Dunkelheit.

„Marvin ist totkrank," begann ich, als ich wieder oben bei Amelie war, „...er hat mir gerade erzählt, dass er morgen ins Krankenhaus geht für eine Chemotherapie. Die ganze Geschichte mit den ewigen Kopfschmerzen, seine plötzlich immer schlechter werdenden Augen und diese ganzen Witze über den Tod vorhin im Fernsehen... er weiß es schon seit einigen Wochen und hat es geheim gehalten..." -

„Ich... ich kann's nicht fassen... und... wie ernst ist es..."

Etwa zwei Stunden redeten Amelie und ich über unsere Ängste, dass Marvin wirklich jetzt sterben könnte, über schwere Krankheiten allgemein und darüber, was Marvin mir bedeutete.

„Und sogar in dieser Situation kann er auf seine galgenhumorartige Weise damit umgehen. Irgendwie bewundere ich das, irgendwie macht es mir aber auch Angst. Ich kann dann nie mit Bestimmtheit erkennen, wie es wirklich in ihm aussieht... und ob ich ihm in irgendeiner Form Hilfe geben kann."

Jetzt, in diesem Moment, wo ich die letzten Zeilen getippt habe, ist mir plötzlich etwas klar geworden: Marvin hatte es bewusst darauf angelegt, dass es zur Trennung zwischen Hilke und ihm kommen musste, nur damit sie rechtzeitig noch vor seinem Tod einen anderen Mann finden sollte. Es war ein letzter Liebesbeweis. Denn er ertrug die Vorstellung von Hilke als leidende Witwe nicht. Alle Elemente ihrer damaligen Trennung passten für mich plötzlich wie Puzzleteile zusammen. Ich hatte ihm mit meiner Kritik damals Unrecht getan. Aber ich bin dem Herrgott auch dankbar, dass Marvin in seinem kurzen Leben wenigstens in sich selbst solch eine innige und aufrichtige und auch selbstlose Liebe erleben durfte...

Amelie begleitete mich am nächsten Tag zu unseren Eltern. Inge empfing mich bereits im Innenhof, nahm mich in den Arm und hielt mich eine ganze Weile, dann blickte sie mich an und sagte:

„Wir wissen schon Bescheid, Marvin war heute Morgen ganz früh da. Schöne Grüße von ihm." -

„Was sollen wir tun, Inge... ich meine, was können wir tun für ihn?" -

„Da sein... beten... abwarten und hoffen... in seiner Gegenwart nicht so viel herumjammern. Weitermachen wie bisher... ach, Flori, ich weiß es im Grunde doch auch nicht."

Nochmals drückte sie mich, bevor sie Amelie zur Begrüßung kurz in die Arme schloss.

„Und wie hat Anna es aufgenommen? Wie geht's ihr?" -

„Hey, rede doch nicht so, als sei Marvin schon gestorben. Er hat zwar eine sehr schwere Krankheit... aber wir haben alle noch Grund zu hoffen." -

„Du hast Recht, Inge."

Wenn wir Marvin an den Krankenhaustagen seiner Therapie besuchten, duldete er unseren Besuch nie länger als eine halbe Stunde. Entweder strengte es ihn zu sehr an... oder aber er bevormundete uns, weil er es für angebracht hielt, uns nicht mehr Krankenhaus als unbedingt nötig zuzumuten.

„Gibt's schon was Neues?" -

„Nein... alles beim Alten... das heißt: meine Augen sind 'n ganzes Stück schlechter geworden... vielleicht liegt's auch an den Drogen, die mir hier in den Körper getröpfelt werden. Weiß man's... Man steckt ja nicht drin!"

In einer Nacht, wenige Wochen nach Beendigung der Therapie -ich war allein in meiner Wohnung und lag schon im Bett- musste ich unvermittelt anfangen zu weinen; und ich verkrampfte plötzlich meine Hände ineinander und betete zu Gott, er solle meinen Bruder leben lassen. Aus dem Nichts heraus war plötzlich ein Vertrauen in mir, dass es Gott geben müsse, der um Marvin und um mich wusste... und ich erflehte seine Hilfe.

Als Amelie und ich Marvin am nächsten Tag in seiner Wohnung besuchten, befand sich mein Bruder auf wackeligen Beinen damit beschäftigt, seine letzten Sachen in Umzugskisten zu packen.

„Überraschung, ich ziehe wieder zu unseren Eltern. Ist das nicht fein?" -

„Ja... genau die richtige Entscheidung... Du, Marvin... ich habe gestern zu Gott gebetet. Ich weiß nicht, wahrscheinlich bin ich jetzt gläubig oder so... aber ich brauche seine Hilfe. Ich musste das gestern tun... mich auskotzen und wissen, dass mir einer zuhört... glauben, mein' ich... dass mir jemand zuhört und dir vielleicht helfen kann." -

„Der Liebe Gott mischt sich längst nicht so in unsere Angelegenheiten ein, wie wir das manchmal gerne hätten. Er hat da so seine eigene Art. Und sollte Er mich doch abtreten lassen, dann versuch' bitte nicht, ihn damit zu strafen, dass du plötzlich mal wieder nicht mehr an ihn glaubst. Denn dann muss ich mir oben wieder das ganze Gemecker anhören, wie trotzig und uneinsichtig du doch manchmal sein kannst." -

„Weißt du schon was Neues, ich mein', weißt du schon, wie die letzten Ergebnisse aussehen." -

„Ich kenne die Ergebnisse doch schon seit 'ner Woche oder so..." -

„Und wie ist es nun...?" -

„Wie zu erwarten, hat nicht so pralle was gebracht. Schade... war'n Versuch wert."

Ich schlug die Hände vor das Gesicht, Amelie stützte mich ein wenig. Nur einen Schritt entfernt stand ein Hocker... nach einer ganzen Weile blickte ich auf zu Marvin:

„Und jetzt... wie geht's weiter?" -

„Bei guter Führung vielleicht noch 'n halbes Jahr... vielleicht noch 'n ganzes Jahr. Ich weiß auch nicht. Wenn ein Wunder geschieht, dann bleibt's, wie es ist. Nein, das Ganze ist schon ziemlich weit fortgeschritten... zu weit fortgeschritten..."

Auf dem Hof unserer Eltern erholte sich Marvin schnell wieder von den Auswirkungen der Therapie; auch schien mir, dass er jetzt, wo er Gewissheit hatte, entspannter war als noch während der langen Therapiezeit ...

Aus völlig heiterem Himmel traf mich eines Tages Amelies Ankündigung:

„Florian, wir müssen miteinander reden... über uns..."
Weiterer Erklärungen hätte es gar nicht bedurft. Die Formulierung in ihrer Abgegriffenheit sprach eine deutliche Sprache. Amelie zählte zwar eine Reihe von Gründen auf, warum sie die Distanz zu mir brauchte, doch die interessierten mich nicht. Ich wurde auf einen Schlag wütend auf sie. Mir war sofort klar, welche sonstigen Gründe es auch immer gäbe, einer von ihnen war: Sie wollte mich nicht am Hals haben, wenn Marvin stirbt... sie hatte schlichtweg Angst davor, dann mit mir umgehen zu müssen. Natürlich fehlte ihr der Mut, mir diesen Grund zu gestehen. Das mag eine Unterstellung sein... ist mir aber egal - sie hat mich seither kein einziges Mal wieder getroffen oder sich wenigstens telefonisch bei mir gemeldet. Ich glaube, ich hätte sie wirklich gebraucht... Seit dieser Trennung lebe ich nun allein!

In den folgenden Wochen war jeder von uns bemüht, das Thema Tod nicht anzusprechen; abgesehen von einem Vorstoß, bei dem Hans unser Wortführer mit dem Vorschlag war, den Hof zu verkaufen. Mit einem Teil des Erlöses sollte Marvin sich Wünsche erfüllen, die er immer schon hatte... eine große Reise zum Beispiel oder tatsächlich den Motorradführerschein machen.

Marvin geriet darüber für seine Verhältnisse sehr in Rage und schlug dieses Angebot entschieden aus. Somit wagte keiner mehr, diesen Vorschlag erneut anzusprechen.

Es war etwa ein halbes Jahr nach Beendigung der Therapie. Marvin kam mir im Hof unserer Eltern entgegen, als plötzlich sein linkes Bein nachgab, und er seitlich zu Boden sank. Ich stürzte sofort auf meinen Bruder zu und half ihm wieder hoch.

„Scheiße, Flori... ich hab kaum noch Gefühl in meinem linken Bein. Das wird langsam völlig taub."

Von diesem Ereignis an wurde Marvins Zustand täglich schlechter. Die Schmerzmittel, die er bisher geschluckt hatte, waren bereits das annähernd stärkste; und jetzt bekam er Morphium.

Er konnte mich mit seinen bloßen Augen kaum noch erkennen, wenn ich doch dicht vor seinem Bett stand. Und bald bewegte er sich nicht mehr allein aus seinem Bett heraus.

Doch wenn sich auch sein Körper langsam um ihn herum erschöpfte, sein Gesicht blieb lebendig, dieses Grinsen, was in ein Lächeln umspringen konnte, sein Lachen, was wieder in ein kindlich-freches Grinsen zurückfiel und die witzigen Worte, die unaufhaltsam aus seinem Mund heraussprudelten, zeigten einen sehr lebendigen und lebenslustigen Menschen:

„Endspurt würde ich sagen," begann er, „...ich gehe hier an den Start, sozusagen nur mit einem Bein. Du willst wissen, ob ich Angst vor'm Tod habe, nicht?"

Mit geradezu telepathischer Fähigkeit nahm Marvin mir die Frage vorweg, die ich mich niemals getraut hätte zu stellen.

„Wenn man jemandem Wichtigen hinter einer Tür gegenübertreten muss, den man nicht kennt, noch nie gesehen hat, dann hat man ja manchmal nicht gerade 'n Schiss, aber wenigstens ein Ködelchen in der Hose. Genau so geringfügig ist meine Angst im Moment. Alles wird da dann anders sein... glaube ich zumindest. Aber was soll das Ködelchen, ich bin doch sicher, dort ganz fürstlich empfangen zu werden... davon mal ab... aber halt diese Schwelle da... man kennt das ja. Ich kann das alles zwar nicht mit absoluter Bestimmtheit sagen, ob es so kommen wird... aber mit absoluter Bestimmtheit konnte ich als Säugling im Mutterbauch auch nicht davon ausgehen, dass es da draußen ein Leben nach der Trächtigkeit gibt." -

Ich musste mich selbst so im Zaum halten, dass ich nicht Fragen an ihn richtete oder Bemerkungen machte, die ihn aus seiner anscheinenden Stabilität heraus vielleicht hätten stürzen können. So wagte ich ihm gegenüber auch diese Frage nicht zu stellen, warum ein gerade sechsundzwanzig Jahre alter Mensch plötzlich sterben muss... dieses Leben war doch noch gar nicht gelebt worden...

Später, an anderer Stelle fand er mit einem für mich schockierend harten Witz darauf trotzdem eine Antwort:

„So wild ist das gar nicht, dass ich jetzt draufgehen soll. Im Verhältnis dazu, dass ich damals auch hätte abgetrieben werden können, bin ich doch sogar steinalt geworden. Ist alles eine Frage der Pespektive! Ich finde, dass ich schon ein schön ordentliches Leben

geführt hab. Man soll immer aufhören, wenn's am schönsten ist."
Einige Tage später erklärte mir Anna am Telefon, dass Marvin in
der Nacht ins Krankenhaus gebracht worden war. Wir sprachen
uns ab, dass wir Vier nun abwechselnd Tag und Nacht bei ihm
bleiben wollten...
„Florian, wir müssen jetzt jeden Tag damit rechnen..." fügte sie
noch flüsternd an.
Ich fuhr sofort ins Krankenhaus. Marvin machte dort, trotz seiner
schwachen und immer langsameren Art zu sprechen, einen überraschend lebhaften Eindruck:
„Willkommen in meinem finalen Wohnzimmer... ich lieg' hier
sogar allein."
...und nach einer längeren Pause:
„...Flori, ich habe einen Wunsch... die Ärzte sind bestimmt nicht
dafür.. ist aber egal. Treib hier in diesem Laden bitte mal einen
Rollstuhl auf. Dann möchte ich gerne noch einmal hier raus. In
diesem Zimmer ist es mir einfach zu dröge, dafür, dass es die
letzten vier Wände sein sollen, die mich umgeben... Weißt du,
wohin ich noch einmal möchte? In die alte Scheune, wo der
durchgedrehte Micha uns fest gehalten hat... und ich es ja auch
fast mal mit Jenny getrieben hätte...hehe..." -
„Alles, was du willst!"
Ich verließ kurz sein Zimmer, klärte mit der Stationsschwester und
dann telefonisch mit dem zuständigen Arzt das Nötigste ab und
orderte einen rollstuhlgerechten Kleinbus:
„Ja.. das ist ausschließlich privat... und wenn es dreitausend Mark
kostet... Sie müssen nur jetzt sofort kommen. Es ist sehr wichtig..."
Ein Pfleger half mir dabei, Marvin warm in eine Decke zu hüllen
und ihn in den Rollstuhl zu setzen. Tatsächlich dauerte es keine
zehn Minuten, da klopfte der Fahrer des Kleinbusses an die Tür.
Während der ganzen Fahrt saß ich Marvin gegenüber, der sich mir
mit seinen irgendwie ausdruckslosen Augen zugewandt hatte.
Manchmal legte ich ihm meine Hand auf den Unterarm, das waren
Momente, wo in seinen Augen für eine Sekunde ein Funke auf-

glomm.

„Ooobergeil, dass wir da jetzt hinfahren... danke schön."

Tausend Situationen, wie diese, wo ich am liebsten laut losgeheult hätte... aber irgendwie dachte ich jedes Mal, ich dürfe es nicht, aus Rücksichtnahme Marvin gegenüber.

„Ist es das Hüttchen da?" fragte der Fahrer.

„Ja, genau... sieht immer noch unverändert aus." bemerkte ich, streichelte dann Marvin über den Handrücken und sagte ihm leise, dass wir nun da seien...

Der Fahrer half mir, Marvin aus dem Bus in das Innere der Scheune zu schieben; der Boden war matschig weich, aber auch voller Schrott und Geröll. Ich platzierte den Rollstuhl so, dass ein breiter Strahl Sonnenlicht durch ein Loch im Dach genau auf Marvins Gesicht fiel. Der Fahrer hatte sich in seinen Bus zurückgezogen.

Etwa einen Meter von Marvin entfernt hockte ich mich auf den Boden und blickte ihn lange und abwartend an.

„Hey, Flori, schön, dass wir wieder hier sind. Ich war damals ganz schön scharf auf Jenny..." -

„Ich auch!"

Marvin lachte überrascht; doch sein Lachen machte ihm schwer zu schaffen, sodass er es vorzeitig abbrechen musste. Er blickte sich, so gut er konnte, um; ein Mundwinkel zog sich in die Höhe:

„Mit einem Male bin ich wieder zurück in unserer Kindheit. Ich weiß noch... du mit dem Taschenmesser gegen Micha, den Durchgedrehten... war 'ne schöne Zeit mit Yan und Jenny... es war sowieso alles eine schöne Zeit."

Nach langen Augenblicken ohne Worte fragte ich vorsichtig nach, ob wir denn nun wieder zurück wollten...

„Nein, noch einen kurzen Augenblick bleiben."

Wiederum nach einer langen Zeit, vielleicht zwanzig Minuten...

„Wenn es dir recht ist, dann möchte ich noch eine einzige Minute bleiben." -

„Natürlich, Marvin, du bist hier der Boss. Sag, was du willst... hast du vielleicht noch einen anderen Wunsch. Ich fahr' mit dir, wohin du willst..." -

„Nein danke... hier ist es völlig okay... hier hab ich das erste Mal die nackten Brüste eines Mädchens gesehen." -

„Ich auch." -

„Aber ich hab' sie auch angefasst. Bäh!"

...und er streckte mir wie ein trotzig-frecher Junge die Zunge heraus; es sah einfach so absurd aus, dass ich lachen musste.

„Es ist gut, dass wir das gemacht haben - hierher zu fahren. Das hat mir gut getan. Von mir aus können wir jetzt. Wir wollen den freundlichen Mann im Bus auch nicht so lange warten lassen. Ich weiß, es ist dir egal... mir aber nicht... ich bin ein Verfechter tariflich festgelegter Feierabende. Also los..."

Als ich, zurück im Krankenhaus, Marvin an dem Schwesternzimmer vorbeischieben wollte, sah ich Anna, die mit dem Doktor sprach. Beide lächelten uns begrüßend zu.

Ich ließ Marvin kurz mitten im Flur stehen und trat zu den beiden. Anna funkelte mich begeistert an und flüsterte mir zu:

„Ihr seid toll, dass ihr das gemacht habt... das ist genau das Richtige... von mir aus jetzt jeden Tag..."

Ich begleitete Anna und Marvin zurück ins Zimmer, half mit, ihn wieder so bequem wie möglich zu betten und verabschiedete mich schließlich, indem ich lange meine Hand auf seine legte:

„Es war ein sehr schöner Tag mit dir, Marvin... mach's gut bis morgen." -

„Weißt du was, Flori..." sagte er schwach, „..auf der ganzen Fahrt hin und zurück und in der Scheune selbst, haben wir insgesamt - ich schätze mal- nicht mehr als dreißig Sätze gewechselt. Aber mir kommt es vor, als hätten wir das längste und schönste Gespräch unseres Lebens geführt. Ich dank' dir dafür." -

„Wir sehen uns morgen wieder..." sagte ich, bereits in der offenen Tür stehend.

Aus der Bettdecke heraus tauchte eine Hand auf, die sich langsam aufrichtete und eine etwas schwächliche, aber eindeutig zu erkennende fortjagende Bewegung machte. Und diese Bewegung hatte für mich etwas Komisches, was mich schmunzeln ließ. Ich zog die Tür zu und fuhr nach Haus.

Am nächsten Morgen klingelte gegen acht Uhr das Telefon:
„Hier ist Inge... mein Lieber... heute Morgen um sechs... kurz nach sechs ist es geschehen. Im Schlaf... Er ist nicht mehr aufgewacht. Anna ist die ganze Nacht bei ihm geblieben. Und er soll kurz nach eurem Ausflug erschöpft eingeschlafen sein. Ach Florian, komm doch ganz schnell her zu uns... ich möchte' nicht, dass du alleine bist." -
„Ja, Inge, ich nehme den nächsten Bus; ich komme sofort. Danke für's Bescheid sagen."

Ich hatte letzte Nacht einen merkwürdigen Traum: Hier in meiner Wohnung war ich gerade damit beschäftigt, den Monitor meines Computers feucht abzuwischen, und als ich mit meinem Lappen auf den Bildschirm drückte, verschwanden die meisten Buchstaben. Die Stehengebliebenen sprangen dann manchmal von einer Stelle zur anderen. Ich musste mit meinem Lappen stärker aufdrücken, bis ich auch diese Widerspenstigen weggewischt hatte.

Endlich war der Bildschirm ganz frei. Jetzt konnte ich beruhigt den Computer ausschalten. Damit war meine Wohnung perfekt aufgeräumt und sauber gemacht. Vielleicht fehlte nur noch ein bisschen frische Luft. So öffnete ich das große Fenster in meinem Wohnzimmer.

Plötzlich hüpfte ein mittelgroßer Vogel, und zwar ein Star, auf meinem Schreibtisch vorbei, an dem ich wieder saß, und hob im Vorübergehen einen Flügel. Damit wollte er mir sagen, er finde es gut, dass ich nun endlich das Fenster geöffnet habe.

Selbstverständlich verstand ich die Gebärdensprache des Vogels, abgesehen davon war das ja auch kein gewöhnlicher Vogel... bei diesem Federtier handelte es sich eindeutig um Marvin. Ich wusste das genau! Auch wusste ich, dass jetzt die Zeit gekommen war, in der die Zugvögel in den Süden fliegen würden.

Der Vogel hüpfte von meinem Fußboden auf das Fensterbrett, den Blick gen Himmel... dann drehte er den Kopf zu mir, und die kleinen Knopfäuglein blickten mich an. Einmal hob er den Flügel links, zweimal den Flügel rechts... das hieß:

„Ich muss nun los... so lebe denn wohl!"

Ich winkte einen Abschiedsgruß. Schon breitete Marvin seine Flügel aus und stieß in die Lüfte... immer höher und immer weiter... bis er schließlich im azurblauen Himmel als winziger Punkt verschwand. Noch einmal hob ich meine Hand zum Abschied, dann schloss ich das Fenster und erwachte.

Ich habe noch nie von einem Traum gehört, der seine Deutung so klar und einfach auf dem Silbertablett serviert wie dieser...

147

Heute fühle ich mich nach langer Zeit zum ersten Mal wieder richtig gut. Ich bin zufrieden und stolz, dass ich das Buch über Marvin tatsächlich zu seinem Ende geführt habe. Es waren zugegebenermaßen etliche Wochen, in denen ich nur dafür gelebt habe, diese Biografie zu schreiben.

Jetzt ist mal wieder mein Leben dran. Noch heute Abend will ich etwas Besonderes unternehmen, etwas Aufregendes! Das habe ich mir verdient...

Es sind jetzt mittlerweile zwei Tage vergangen, und ich muss unbedingt erzählen, was alles seither passiert ist. Ich habe nämlich etwas sehr Abenteuerliches getan - zumindest ist es abenteuerlich, dass ich so etwas fertig gebracht habe!

Nachdem ich den Computer ausgeschaltet hatte, nahm ich mir mein komplettes Manuskript nochmals zur Hand und las sozusagen quer, blätterte herum, überflog hier zwei Absätze, las dort dieselben drei Zeilen mehrfach hintereinander, bis ich auf die Formulierung stieß:

„Es ist verrückt und schädlich und... ich weiß nicht was noch alles... aber tatsächlich bis zum heutigen Tag, bis zu dem Moment, wo ich diese Zeilen hier aufs Papier bringe, hat sich meine Liebe zu Alicia in mir bewahrt. Wenn Alicia jetzt zur Tür hereinspaziert käme, ich könnte gar nicht zögern, sondern würde sie sofort liebend in die Arme schließen."

Das stimmte aufs Wort, stellte ich auch jetzt wieder fest... und es schrie danach, etwas in der Richtung zu unternehmen, um Alicia nach Jahren endlich wieder in die Arme schließen zu können.

So bemühte ich das Telefonbuch, verscheuchte ein aufkommendes Herzklopfen mit:

„Ach, das kann man ruhig alles 'n bisschen lässiger angehen!"
...und wählte ihre Nummer.

„Florian! Ja, ich glaube es nicht. Hey, Florian, wie geht es dir? Wir haben uns ja ewig lange nicht gesehen." -

„Pass auf, Alicia, ich muss dich ganz dringend heute Abend sprechen. Egal, was du sonst vorgehabt hast. Das mit mir heute ist wichtiger... ehrlich. Auch wenn sich das jetzt blöd und überzogen anhört. Lass alles stehen und liegen und sei um zwanzig Uhr im Café Morgenroth." -

„Huch... das kommt aber jetzt... Ich weiß gar nicht, ob ich das überhaupt will, dass wir uns wieder sehen... ich meine, wir haben schon verhältnismäßig sehr lange nichts mehr miteinander zu tun... und nach alledem, was so passiert ist..." -

„Glaub mir einfach, dass es wichtig ist. Ich sehe dich dann um zwanzig Uhr, ja? Ich freu' mich sehr auf dich. Bis dann..."

Noch ehe Alicia in irgendeiner Weise auf meine letzten Worte reagieren konnte, hatte ich schon eingehängt. Das Warten bis zum Treffen verkürzte ich mir, indem ich meine Wohnung mal wieder richtig durchputzte - um wenigstens einen Teil meines Traumes in Erfüllung gehen zu lassen.

Pünktlich um zwanzig Uhr saß ich im verabredeten Café und zählte die Schläge meines Herzens, die ich bis hoch in der Halsgegend fühlen konnte.

Dann erschien sie tatsächlich, blieb eine Weile sowohl erfreut als auch unsicher, aber breit lächelnd, vor mir stehen und kam dann in meine offenen Arme.

Wir küssten uns gegenseitig auf die Wange und setzten uns dicht gegenüber.

„Komisch... sich nach so langer Zeit wieder zu sehen." sagte Alicia und zog fragend ihre Augenbrauen hoch.

„Es ist wunderschön, dich wieder zu sehen, Alicia. Der... Grund meines so hektischen Anrufes ist ein sehr wichtiger für mich... Ich weiß nicht, ob du es von irgendwo her schon mitgekriegt hast, dass Marvin nicht mehr lebt... vor knapp drei Monaten, genau am siebzehnten Juli ist er gestorben." -

„Nein... nein! Das hab' ich nicht gewusst. Das ist ja... oh, wie schrecklich. Ich hab' das wirklich nicht mitgekriegt. Oh, Mann... das kann doch gar nicht sein. Er kann doch höchstens... höchstens sechsundzwanzig Jahre alt gewesen sein... ich kann es nicht glauben." -

„Ja... schrecklich... und du weißt, wie nahe wir uns gestanden haben. Marvin! Aus heiterem Himmel schwer krank geworden und nach einem Jahr dann..."

Wir schwiegen eine Weile. Dann versuchte ich einen neuen Ansatz:

„Entschuldige, dass ich dir das so ohne Vorwarnung um die Ohren knalle... ich habe direkt nach der Beerdigung etwas Ungewöhnliches getan... ich hab' mir in den Kopf gesetzt, eine Biografie über Marvin zu schreiben... so ein bisschen in Romanform. Und jetzt - gestern- ist sie fertig geworden. Ich habe unser gemeinsames Leben aufgeschrieben, um mir das alles klar zu machen... und vielleicht darüber mit seinem Tod klarzukommen. Ich mein', seit dem Moment, wo der Sarg in die Erde gesenkt wurde und ich wieder vom Friedhof weg bin, ist eine Art Schlussstrich gezogen worden. Da wurde mein Herz um die Hälfte leichter. Und jetzt, wo ich die Biografie fertig habe... da habe ich irgendwie das Gefühl, jetzt endgültig was abgeschlossen zu haben, mit Marvin und mir. Übrigens, du kommst auch drin vor... in der Biografie... natürlich, das kann ja nicht ausbleiben... und ich wollte dich bitten, es zu lesen. Ich weiß nicht, warum, aber es bedeutet mir viel. Ich habe einen Ausdruck dabei..." -

„Puh, Mann, das ist ja ganz schön was zum Wegstecken. Nach wasweißich für langer Zeit tauchst du plötzlich auf, knallst mir an'n Kopf, dass mein früherer Freund tot ist und erzählst dann auch noch, dass ich mir die ganzen Jahre damals in Romanform reinpfeifen soll. Nicht schlecht für das erste Rendezvous nach Ewigkeiten." -

„Halt dich bitte fest... ich hab' noch einen mehr... Ich will aus einem ganz bestimmten Grund, dass du das alles liest... da steht nämlich auch einiges Wichtiges über dich und mich drin... das sollst du erfahren. Ich weiß, es ist nicht leicht zu glauben, aber trotz der Jahre, die wir uns nicht gesehen haben, bin ich immer noch heftig in dich verliebt. Das ist losgegangen auf unserer Fahrt nach Bremen... erinnerst du dich... oder noch viel früher... ich weiß es nicht." -

„Scheiße, Florian, das ist langsam zu viel. Ich habe einen Freund und lebe mit ihm zusammen. Eij Mann, das kommt mir alles wie ein absurder Film vor. Wo bin ich hier eigentlich..." -

„Alicia... ich... ich... das einzige, was wichtig ist... ich muss dir das alles so auf einmal sagen. Seit fast fünf Jahren quäle ich mich damit rum, dass ich mit meiner Liebe zu dir allein bin. Nicht mal Marvin hat je davon erfahren. Es musste jetzt sofort sein. Ich hätte es keinen weiteren Tag ausgehalten. Und ich bin froh, dass ich es endlich los bin! Außerdem ist mir auch klar, dass ich nach fünf Jahren nicht erwarten kann, dass du auf meinen Anruf gewartet hast. Bitte tue mir den Gefallen und lese das Manuskript. Wenn du durch bist, dann ruf' mich an und sage mir deine Gedanken dazu." -

„Mann, Mann, Florian, wenn ich das hier bloß nicht völlig falsch anpacke. Ich hab' keinen Bock drauf, dass du dir Hoffnung machst, wenn ich deinen Text mitnehme." -

„Bitte lies es... und es würde enorm viel für mich bedeuten, wenn wir danach wieder so wie damals Freunde sein könnten..." -

„Da sag' ich jetzt nichts zu... Freundschaften, wo einseitig jemand gern noch mehr möchte... klasse Voraussetzung für 'ne echte Freundschaft. Ich glaub', ich lasse dir dein Manuskript hier. Das wird mir alles zu verfänglich. Tut mir Leid, Florian." -

„Nimm's bitte jetzt mit... sonst werde ich es definitiv mit der Post an dich schicken. So spare ich zumindest das Porto. Und wenn du es dann wirklich nicht lesen willst, zerreiß es oder pack' es ins Altpapier und ruf mich nie wieder an. Dann bist du auch durch mit dem Thema."

Alicia nahm mir das Manuskript etwas genervt aus der Hand und legte es sich auf den Schoß.

„Ich darf davon ausgehen, dass hier dein weiteres Leben so weit beschrieben steht, dass ich dich jetzt -wo wir hier schon mal beisammen sitzen- gar nicht fragen brauche, was du in der letzten Zeit so getrieben hast." -

„Im Grunde steht da wirklich alles Wissenswerte über mich drin. Nun können wir also elegant auf dich überleiten."

Alicia wurde im Laufe des weiteren Abends immer gelöster, lachte häufiger und erzählte mir von ihren letzten fünf Jahren.

Kurz nach unserer Trennung habe sie eine Kunsttischlerlehre begonnen und auch erfolgreich abgeschlossen, habe in einer Gewürzfabrik und danach zu lange -wie sie fand- in einem Schnellrestaurant gejobbt.

Etwa nach anderthalb Jahren kam sie mit einem Mitschüler aus der Berufsschule zusammen, Thomas, ein Siebzehnjähriger, der sofort mit ihr zusammenziehen und noch viel schneller ein Kind haben wollte. Ihre Verbindung hielt ziemlich genau zwei Jahre, dann brach Alicia den Kontakt völlig ab.

Seit einem Jahr führte sie mit Heiko eine Beziehung, Heiko war zehn Jahre älter als sie, seines Zeichens Sozialarbeiter. Das ließ mich auflachen, da ich in wenigen Wochen meine Diplomarbeit im Fachbereich Sozialwesen abgeben werde...

Heiko wusste im Übrigen von diesem Treffen hier und fand daran nichts bedenklich.

Nach nur zwei Stunden verabschiedeten wir uns voneinander; Alicia mit der Bemerkung:

„Mal sehen, vielleicht werfe ich heute Nacht noch ein oder zwei Blicke hinein."

Und ich war ganz außer mir, als kurz nach Mitternacht bei mir zu Hause das Telefon klingelte und Alicia sich meldete:

„Bist du noch wach? Ich bin schon auf Seite sechsundsechzig oder siebenundsechzig... jedenfalls bis zu dem Kapitel, wo ich drin vorkomme. Irgendwie ist das ganz komisch. Du hast ja, glaub ich, all das, was wir so zueinander gesagt haben, fast wortwörtlich wieder gegeben. Diese Fahrt ist noch mal so richtig gegenwärtig geworden. Und dann die ganzen anderen Geschichten mit eurer gemeinsamen Kindheit... Marvin hat mir häufig davon erzählt... das mit dem durchgedrehten Micha und so. Ich weiß auch nicht... ich fühl' mich ziemlich aufgerieben. Und entschuldige, dass ich dich gestört habe. Du hast doch noch nicht geschlafen, nein?" -

„Hey Alicia, ich freue mich, dass du noch anrufst. Und ich find's wahnsinnig, wie du in anderthalb Stunden fast siebzig Seiten lesen kannst." -

„Ja.. ich lese das alles noch mal in Ruhe... Das muss ja richtig anstrengend gewesen sein, so viel zu tippen. Aber ich will auch nicht weiter stören. Wenn ich hier so lange quatsche, wacht Heiko nachher noch auf." -

„Alles klar. Also gute Nacht, Alicia, und schön, dass du angerufen hast." -

„Ja, gute Nacht, Flori... und ich wollte dir noch sagen, ich freu' mich wirklich, dass wir uns wieder gesehen haben. Es war echt schön. Also... ich meld' mich bald wieder bei dir."

Das tat sie wirklich! Am nächsten Vormittag lud sie sich in den Morgenstunden zum Frühstück in meine Wohnung ein.

„...ich überfahre dich doch nicht... natürlich bring' ich auch 'ne ordentliche Tüte voll Brötchen mit.. was magst du denn am liebsten? Immer noch Mohnbrötchen?" sagte sie noch am Telefon.

Kurze Zeit später klingelte es, Alicia begrüßte mich mit dem altbekannten Wangenküsschen... nur rutschte dieses Küsschen diesmal verdächtig nahe an meinen Mund... dann saßen wir zusammen an meinem Frühstückstisch, Alicia strahlte übers ganze Gesicht, als ginge es ihr blendend. Sie wirkte entspannt und glücklich; zwischen Brötchenkauen, übermütigen Blicken und hektischem Kaffeetrinken begann sie zu erzählen:

„Weißt du... ich habe dein Werk gestern Nacht noch komplett durchgelesen. Ich finde beeindruckend, dass du das mit dem Schreiben so konsequent durchgezogen hast. Das Lesen hat mir echt Spaß gemacht. Ich kenne ja nun auch die Hauptfiguren sehr gut. Und was ich dir sagen wollte... oh Scheiße.. ich mach' den gewaltigsten Fehler meines Lebens... das sollte ich jetzt nicht sagen... aber ich muss es dir einfach sagen... damals bei der Fahrt zur Osterwiese... ich wollte, dass du und ich... dass wir... ich wollte, dass du mich richtig küsst. Ich war damals voll in dich verliebt... und mir tat es weh, dass ich mich bei der Trennung von Marvin auch von dir trennen musste. Aber ich konnte damals nicht sehen, wie es gehen soll, dass ich plötzlich mit dir zusammen bin, und du so viel mit Marvin zu tun hast. Was ich sagen will... die Zeit, als ich wieder bereit war, mich auf einen anderen Mann einzulassen... Thomas damals... wart ihr einfach weg... gefühlsmäßig, mein' ich. Ich hab' zwar noch manches Mal an euch gedacht, aber das tat mir dann nicht mehr weh. Tja... war alles bestens - bis gestern. Als ich dich wieder gesehen hab' und vor allem deine Geschichte da gelesen hab', war das wie ein gigantisch-großes Aufwühlen. Ich glaub' zwar dran, dass jeder Mensch, den man einmal in seinem Leben geliebt hat... irgendwann... dass man den immer irgendwie in sich behält. Und jetzt spazierst du wieder in mein Leben... und alles ist durcheinander. Ich bin verdammt noch mal mit Heiko zusammen und will das im Grunde auch bleiben... ich... ich weiß echt nicht mehr, was ich im Moment machen soll."

Sie blickte mich aus großen Augen an, ihren Mund einen Spalt weit offen... als ich dicht vor ihr stand... ich konnte nicht zurück... vergaß ich alles an Vernunft, Rücksicht und Bescheidenheit, nahm sie fest in die Arme und küsste sie. Mein Herz raste vor Aufregung, ich rechnete jede Sekunde mit ihrer schallenden Ohrfeige... auch die im übertragenen Sinne... wenn sie meinen Kuss nicht erwidern sollte...

Doch nach einem Zögern schlang sie ihre Arme um mich und küsste mich wieder... zart, weich, innig.

Es gibt kaum Worte, zu beschreiben, wie ich mich fühlte... wie in Ohnmacht und doch bei vollem Bewusstsein, wie im Sturm, bestehend nur aus Glück, wie ein Gewinner, ein millionenschwer Beschenkter, wie ein Riese, wie der Sieger im Rennen gegen alle in der Welt...

„Oh, oh, oh, da baue ich aber gerade ganz gefährlich Scheiße... und du hältst mich nicht davon ab... Flori... ich hab' gerade ein bisschen den Boden unter den Füßen verloren. Hör mir zu, Florian, das geht nicht, was wir hier machen... ich kann das nicht tun... ich bin mit Heiko zusammen.. ich gehör' zu ihm. Was ist nur los mit mir." -

„Ich liebe dich so, dass ich auf der Stelle zerplatzen könnte..."
Alicia zog mich heran und küsste mich weich und feucht auf den Mund und als sie von mir ließ, murmelte sie:

„Ich bin ganz und gar nicht beherrscht... das gefällt mir nicht. Ich höre sofort auf damit! Hör auf, Alicia! Hörst du...."

Sie lachte über sich selbst, beugte sich spontan ein weiteres Mal vor und küsste mich wieder.

„Oh Mann... ich gehe jetzt. Es tut mir Leid, Flori, dass ich mich hier nicht unter Kontrolle hab'... ich kann dir das nicht zumuten. Es darf nichts sein zwischen uns. Ich will und ich bleibe mit Heiko zusammen. Punkt! Ich geh' jetzt wirklich. Warum bin ich denn verdammt noch mal jetzt wieder in dich verliebt. Und das nach einem Tag. Da kann doch was nicht stimmen."

Sie lief mit gezwungener Entschlossenheit zur Haustür, öffnete und blickte sich nach mir um:

„Ich geh' jetzt."

Ich sagte nichts, tat nichts, blickte sie nur an.

„Voll der festgefahrene Scheiß! Oh Mann... du bist so süß... Flori..."

Sie warf die Tür wieder zu, stürmte auf mich zu und umarmte und küsste mich in einer Heftigkeit und Leidenschaftlichkeit, wie ich es ganz bestimmt noch nie vorher erlebt hatte. In unserer Umarmung sanken wir an Ort und Stelle zu Boden...

„Ich liebe dich, mein Süßer... obwohl ich sowas gar nicht sagen dürfte..."

Wir taten Ewigkeiten wirklich nichts anderes, als uns zu umarmen und zu küssen... erst auf dem Fußboden, dann auf meinem Sofa. Wenn ich allein gewesen wäre, hätte ich ohne Unterbrechung wie ein Irrer gelacht, um diesen Überschwall an Glück rauszulassen.

Irgendwann schreckte sie ein wenig auf:

„Ich muss zurück, Heiko hat heute Frühdienst und ist bestimmt gleich schon zu Haus. Mein Lieber, Flori, ich vermiss dich jetzt schon... mir tut das Herz weh. Drück mich noch einmal so fest wie's geht. Ich will nicht von dir weg, Flori... halt mich ganz fest, ja... nein, was rede ich da... ich muss jetzt wirklich los. Bringst du mich zur Tür?" -

„Welche meinst du denn... nein, das war ein Witz... ach, geh' doch nicht. Draußen ist die Welt ganz kalt... du holst dir 'n Schnupfen. Lass mich doch bitte deine Woll-Unterwäsche sein... ich mein' das jetzt nicht schlüpfrig, sondern nur poetisch. Obwohl... kann ein Po

eigentlich ethisch sein... hat ein Gesäß Moral? Wird der Arsch ansich gut geboren und nur durch sein soziales Umfeld zu einem Herumstreuner, der Drogen nimmt... ich meine Zäpfchen..." -
„Hey, was ist denn plötzlich mit dir los... so kenne ich dich gar nicht." -
„Oh, ich werd' raschelig, wenn du gleich nicht mehr da bist. Ich bin so aufgeregt... ich glaub' ich tanz hier gleich die ganze Zeit nur noch in der Wohnung rum, Tag und Nacht, bis du wieder da bist... genau... wann kommst du wieder. Heute Abend noch? Bitte..." -
„Das geht ganz sicher nicht, mein Lieber... morgen früh. Ich bring' wieder die Brötchen mit."
Ich fasste es immer noch nicht. Selbst wenn Alicia sich und mich in Zukunft zwingen würde, dass wir uns nie mehr berühren dürften, war ich überglücklich, dass passiert ist, was passiert ist. Ich fühlte mich so leicht und befreit und voller Leben...
Mit einem Anruf erklärte sie jedoch noch am Abend, dass ich alles, was am Vormittag passiert sei, vergessen müsse... sie bereue ihr Verhalten. Es gehe nicht, dass sie sich plötzlich auf mich einlasse.
Unser nächstes Wiedersehen, zwei Tage später, begann recht verkrampft, angespannte Gesichter, betontes Darauf-Achten, dass man sich nicht irgendwie verfänglich berührte... viele halbherzig formulierten Erklärungen Alicias, warum es unmöglich sei, noch einmal so den Kopf zu verlieren.
Dann reichte jedoch nach diesem langen Vormittag die Abschiedsumarmung, schon fanden sich blitzschnell unsere Lippen zum erlösenden Kuss zusammen.
Auch am folgenden Tag wiederholte sich wieder diese Prozedur in ähnlicher Weise.
Bei ihrem dritten Besuch, wieder zwei Tage später, platzte sie in meine Wohnung, lief ohne richtige Begrüßung an mir vorbei ins Wohnzimmer, um sich dort in Position zu bringen dann kündigte sie mir unter bedeutsamen Blicken an:
„Jetzt ist es passiert. Ich habe Heiko von uns beiden erzählt... ich

156

hab' ihm gesagt, dass ich mich in dich verliebt habe und im Moment überhaupt nichts mehr weiß... wie es weitergehen soll und so... und dass ich ausziehen werde... zu meinen Eltern. Da muss ich dann versuchen, mir klar darüber zu werden, was ich eigentlich will!"

Es verging Tag um Tag auf diese ungeklärte Weise, und trotzdem war jede zusammen verbrachte Minute herrliches Leben...

Da es unsinnig war, Alicia zu fragen, wann sie denn davon ausgehe, dass wir fest zusammen seien, suchte ich mir ein symbolisches Ereignis aus, an dem ich ablesen wollte, ob sich die Liebe meines Lebens aufrichtig für mich entschieden hatte:

Wenn sie mich zu ihre Eltern einlädt und mich ihnen vorstellt!

Seit Tagen wartete ich darauf... seit Tagen spukte mir diese Vornehmung im Kopf herum... ich überlegte schon, sie durch diskrete Fingerzeige auf die Idee zu bringen, brauchte das jedoch nicht mehr aufwendig einzufädeln.

Gestern rief sie an und erzählte, dass ihre Eltern mich zum Abendessen einladen wollten, ob ich denn Zeit und Lust hätte zu kommen...

Ich tanzte allein in meiner Wohnung... ich sang und lachte...

Abends, pünktlich auf die Minute, klingelte ich am Haus von Alicias Eltern. Mein Herz schlug etwa einen Meter aus meiner Brust heraus. Ich brachte den Blumenstrauß in Position, zupfte mich selbst zurecht und ließ mein Lächeln frei heraus, das ständig in mir strahlte.

Sowohl Alicias Mutter als auch ihr Vater öffneten.

„Guten Abend," sagte ich, schüttelte beiden dann herzlich die Hand und überreichte der Mutter meine Blumen:

„Ich bin Florian..."

Weitere Erscheinungen von Boris Akkermann in Kürze:

KOLJAS WELTEN   Roman

Kolja ist Mitte Zwanzig, Angestellter einer kleinen Versicherung und umgeben von Freunden, die keine sind. In einer stürmischen Nacht wacht er auf, muss nach draußen und lässt sich durch die Gegend treiben. Wenig später ist in ihm der Entschluss herangereift, sein gesamtes bisheriges Leben abzustreifen. Er kündigt seinen Job, beendet den Kontakt zu seinen falschen Freunden und tut plötzlich nur noch Dinge, die ihm Spaß machen, Dinge, die er sich vorher nie erlaubt hätte.

Aber auch Erinnerungen an seine Jugend, umgeben von echten Freunden, von aufregenden Erlebnissen... und Erinnerungen an eine ereignisreiche Kindheit kommen in ihm auf und werden zu einer eigenen Welt, in der sich Kolja wahrhaftiger wiederfinden kann, als in der öden Alltagswelt der letzten Jahre.

Und das ist erst der Anfang...

„Das Buch, das ich immer schon mal lesen wollte.“   Boris Akkermann

DANIEL DER AFFE   Eine Kindergeschichte

DANIEL DER AFFE ist Zirkusgeschichte, Krimi, Kindheitserinnerung, Ritterabenteuer und Familienspaß in einem.

Die Erlebnisse mit dem sprechenden Schimpansen Daniel, der mit den Kindern der Familie Akkermann auf Verbrecherjagd geht, was immerhin so viel Lösegeld einbringt, dass sie sich einen eigenen Zirkus kaufen können, die Freundschaft mit dem Kinderritter Prinz Micky und die Begegnung mit einem schauerlichen Kinderfänger sind Elemente, die nur in einer Kinderfantasie so überbordend durcheinandergemixt werden können.

„DANIEL DER AFFE“ ist erstmals von mir mit 11 Jahren geschrieben worden. Da das Manuskript leider verschollen ist, musste ich als erwachsenes Kind diese Geschichte neu zu Papier bringen.“

Boris Akkermann